btb

Buch
Amerikas tiefer Süden von der Zeit des Bürgerkriegs bis zur Jahrhundertwende ist der Schauplatz der in diesem Band vereinten Erzählungen. Wie kaum einer anderen Autorin ihrer Generation gelingt es Kate Chopin, die Hoffnungen und Sehnsüchte von Frauen zu porträtieren, die sich gegen gesellschaftliche Konventionen und überkommene Moralvorstellungen auflehnen oder an ihnen zerbrechen. Frauen, die nicht tun, was man von ihnen erwartet, die frei sein wollen – auch wenn sie dafür einen hohen Preis zahlen. Etwa in »Geschichte einer Stunde«, in der die herzleidende junge Mrs. Mallard vom Tode ihres Mannes erfährt und in der Trauer doch zugleich erahnt, daß ihr Leben nun erst vor ihr liegt. Als ihr Mann überraschend doch in ihr Heim zurückkehrt, stirbt sie. Oder die Frau des Plantagenbesitzers in »Désirées Baby«, die von ihrem Mann verstoßen wird, weil ihr Baby – für alle offensichtlich – das Blut der Sklaven in den Adern hat.
Kate Chopins Erzählungen haben bis heute nichts von ihrer Kraft und Eindringlichkeit eingebüßt. Zu Recht gilt das Werk Kate Chopins als ein Meilenstein der amerikanischen Literaturgeschichte.

Autor
Kate Chopin wurde 1851 als Tochter irisch-kreolischer Eltern in St. Louis, Missouri geboren. 1870 heiratete sie einen Plantagenbesitzer und zog nach New Orleans. Die Mutter von sechs Kindern begann auf Anraten eines befreundeten Arztes mit dem Schreiben. Ihre Erzählungen wurden in allen großen amerikanischen Zeitschriften veröffentlicht. Das Erscheinen ihres Romans »Das Erwachen« löste im puritanischen Amerika einen Skandal aus, ihre schriftstellerische Karriere war beendet. Von der zeitgenössischen Kritik geächtet, starb Kate Chopin 1904.

Kate Chopin bei btb
Das Erwachen. Roman (72553)

Kate Chopin

Der Sturm
Erzählungen

*Herausgegeben von
Miriam Hansen und
KD Wolff*

*Deutsch von
Elisabeth Thielecke u.a.*

btb

Umwelthinweis:
Alle bedruckten Materialien dieses Taschenbuches
sind chlorfrei und umweltschonend.

btb Taschenbücher erscheinen im Goldmann Verlag,
einem Unternehmen der Verlagsgruppe Random House GmbH.

1. Auflage
Genehmigte Taschenbuchausgabe April 2002
Copyright © 1978, 1988 by Verlag Stroemfeld/Roter Stern
Basel/Frankfurt am Main
Umschlaggestaltung: Design Team München
Umschlagmotiv: John Singer Sargent
Satz: IBV Satz- und Datentechnik GmbH, Berlin
KR · Herstellung: Augustin Wiesbeck
Made in Germany
ISBN 3-442-72552-6
www.btb-verlag.de

Inhalt

Auf dem Ball 7

Désirées Baby 21

Jenseits des Bayou 29

Eine Dame aus Bayou St. John 37

La Belle Zoraïde 45

Auf Chênière Caminada 53

Eine ehrbare Frau 69

Geschichte einer Stunde 75

Bedauern 79

Der Kuß 85

Ein Paar Seidenstrümpfe 89

Ti Démon 97

Der Sturm 105

Anmerkungen 113

Quellen- und Literaturhinweise 117

Nachwort 119

Auf dem Ball

Bobinôt, dieser große, braune, gutmütige Bobinôt, hatte eigentlich nicht vorgehabt, den Ball zu besuchen, obwohl er wußte, daß Calixta kommen würde. Denn was kam bei diesen Bällen schon anderes heraus als Herzweh und ein krank machender Widerwille gegen die Arbeit, der eine ganze Woche anhielt, bis seine Qualen am nächsten Samstag von vorn begannen? Warum nur konnte er Ozéina nicht lieben, die ihn lieber heute als morgen geheiratet hätte, oder Fronie, oder eine aus dem Dutzend anderer Mädchen, statt dieser kleinen spanischen Hexe? Calixta hatte ihren schmalen Fuß nie auf kubanischen Boden gesetzt, wohl aber ihre Mutter, und nun war das Spanische auch in ihrem Blut. Daher sahen die Leute aus der Prärie ihr vieles nach, was sie ihren eigenen Töchtern und Schwestern nicht hätten durchgehen lassen.

Ihre Augen – Bobinôt dachte an ihre Augen und wurde schwach – niemals zuvor hatten so blaue, so träge, so betörende Augen in die eines Mannes geschaut; er dachte an ihr flachsblondes Haar, das sich schlimmer als bei einem Mulatten um ihren Kopf ringelte; dieser volle lächelnde Mund und diese Stupsnase, diese aufreizende Figur; diese tiefe Altstimme, eine tönende Melodie, deren Rhythmus Satan sie gelehrt haben mußte; niemand sonst in der akadischen Prärie hätte sie in diesen Tricks unterweisen können. Bobinôt bedachte all das, während er sein Zuckerrohrfeld pflügte.

Hinter vorgehaltener Hand hatte man vor einem Jahr sogar einen Skandal angedeutet, als sie in Assumption gewesen war – aber wozu davon sprechen? Das war nun passé. »*C'est Espagnol, ça*«, sagten die meisten mit nachsichtigem Schulterzucken. »*Bon chien tient de race*«, brummelten die alten Männer hinter ihren Pfeifen und hingen gerührt ihren Erinnerungen nach.

Niemand kümmerte sich darum, nur Fronie hielt es Calixta vor, als die beiden sich eines Sonntags nach der Messe auf den Kirchenstufen um einen Liebsten zankten und prügelten. Calixta fluchte ausgiebig in feinstem akadischen Französisch und mit unverfälschter spanischer Gesinnung und gab Fronie eine Ohrfeige. Fronie hatte zurückgeschlagen: »*Tiens, cocotte, va!*« – »*Espèce de lionèse; prends ça, et ça!*«, bis der Pfarrer persönlich hinlaufen und Frieden stiften mußte. Bobinôt bedachte all das und wollte nicht zum Ball gehen.

Aber als er am Nachmittag in Friedheimers Laden eine Zugkette kaufte, hörte er jemand sagen, auch Alcée Laballière würde kommen. Und nun hätte keine Macht der Welt ihn zurückhalten können. Er wußte – oder vielmehr wußte es nicht –, wie es ausgehen würde, wenn der gutaussehende junge Plantagenbesitzer den Ball besuchte, wie er es manchmal tat. Wenn Alcée zufällig ernst aufgelegt war, würde er sich nur ins Spielzimmer setzen und ein paar Runden Karten spielen oder auf der Veranda stehen und mit den alten Leuten über Ernten und Politik sprechen. Aber man konnte es nicht vorher wissen. Ein oder zwei Drinks, und er hatte den Teufel im Leib, sagte Bobinôt sich, als er sich mit seinem rotgemusterten Halstuch den Schweiß von der Stirn wischte; ein Glitzern in Calixtas Augen, ein Aufblitzen ihrer Fesseln, ein Wirbeln ihrer Röcke konnten dasselbe bewirken. Ja, Bobinôt wollte zum Ball gehen.

Das war das Jahr, in dem Alcée Laballière neunhundert Morgen Reis anbaute. Das hieß, daß er eine ganze Menge Geld in den Boden steckte, aber der Erlös versprach großartig zu werden. Die alte Madame Laballière, die in ihrer weißen *volante* über die ausladende Terrasse segelte, rechnete sich alles im Kopf aus. Clarisse, ihre Patentochter, unterstützte sie dabei ein wenig, und gemeinsam bauten sie Unmengen von Luftschlössern. Alcée schuftete damals wie ein Maulesel, und wenn er sich nicht zu Tode arbeitete, dann nur deshalb, weil er eine eiserne Konstitution hatte. Man war es von ihm gewohnt, daß er am Rand der Erschöpfung und bis zur Taille durchnäßt vom Feld kam. Er kümmerte sich nicht darum, ob Gäste da waren; er überließ sie der Obhut seiner Mutter und Clarissens. Häufig stellten sich Besucher ein; junge Männer und Frauen, die aus der nur wenige Stunden entfernten Stadt kamen, um seine schöne Verwandte zu besuchen. Sie war es wert, daß man noch viel größere Entfernungen zurücklegte, nur um sie zu sehen. Zart wie eine Lilie, robust wie eine Sonnenblume, schlank, groß, biegsam wie ein Schilfrohr, das im Sumpf wuchs. Abwechselnd kalt und freundlich und grausam und alles, was Alcée aufbrachte.

Oft verspürte er den Wunsch, das Haus von diesen Besuchern zu säubern. Vor allem von den Männern mit ihrem Auftreten und Gehabe, ihrer Art, den Fächer zu handhaben wie Frauen und sich in den Hängematten zu wiegen. Er hätte sie gern über den Damm geworfen, wäre das nicht Mord gewesen. So war Alcée. Aber an dem Tag mußte er verrückt gewesen sein, als er vom Reisfeld kam und, verdreckt, wie er von der Plackerei war, Clarisse bei den Armen packte und ihr einen heißen Schwall glühender Liebesworte ins Gesicht schleuderte. Noch nie hatte ihr ein Mann auf diese Weise von Liebe gesprochen.

»Monsieur!« rief sie aus und sah ihm fest und unbewegt in die Augen. Alcées Hände sanken herab, und in der Kälte ihrer ruhigen und hellen Augen wurde sein Blick unsicher.

»*Par exemple!*« murmelte sie geringschätzig, als sie sich von ihm abwandte und dabei geschickt ihr ordentliches Kleid richtete, das er so brutal zerdrückt hatte.

Das geschah ein oder zwei Tage, bevor der Wirbelsturm kam, der wie scharfer Stahl in den Reis fuhr. Es war entsetzlich, denn er kam so unerwartet und ohne auch nur einen Augenblick der Vorwarnung, in dem man eine geweihte Kerze hätte anzünden oder einen gesegneten Palmwedel verbrennen können. Die alte Madame weinte hemmungslos und betete den Rosenkranz, wie es ihr Sohn Didier, der in New Orleans, getan hätte. Wäre Alphonse – dem Laballière, der in Natchitoches Baumwolle pflanzte – so etwas zugestoßen, hätte er gerast und getobt wie ein zweiter Wirbelsturm, und für einen oder zwei Tage hätte man ihm aus dem Weg gehen müssen. Aber Alcée nahm das Unglück anders auf. Er sah krank und grau aus und verstummte. Sein Schweigen war beängstigend. Clarisses Herz schmolz vor Zärtlichkeit, doch als sie ihm mit sanften, schmeichelnden Worten ihr Mitgefühl darbot, nahm er es mit stummer Gleichgültigkeit auf. Später lagen sie und ihre Patentante sich in den Armen und weinten wieder.

Als Clarisse wenige Nächte danach an ihr Fenster trat, um im Mondschein niederzuknien und ihre Gebete zu sprechen, bevor sie schlafen ging, sah sie, daß Bruce, Alcées schwarzer Diener, das Reitpferd seines Herrn geräuschlos über die Grasnarbe geführt hatte, die an den Kiesweg angrenzte, und nun in der Nähe stand und es festhielt. Gleich darauf hörte sie, wie Alcée sein Zimmer verließ, das unter ihrem lag, und die untere überdachte Veranda durchquerte. Als er aus dem Schatten trat und den Streifen Mondlicht passierte, bemerkte sie, daß er ein Paar prall gefüllte Satteltaschen trug, die er sofort über den Rücken des Tieres warf. Schnell stieg er auf das Pferd, und nachdem er einige Worte mit Bruce gewechselt hatte, galoppierte er davon, ohne daß er sich – anders als der Neger – bemühte, dem geräuschvollen Kies auszuweichen.

Es wäre Clarisse niemals in den Sinn gekommen, Alcée könne die Angewohnheit haben, die Plantage zu heimlichen

Ausflügen zu verlassen, noch dazu zu einer solchen Stunde, denn es war beinahe Mitternacht. Und wären nicht die verdächtigen Satteltaschen gewesen, dann wäre sie nur in ihr Bett gekrochen, um sich zu wundern, sich zu beunruhigen und schlecht zu träumen. Aber ihre Ungeduld und Sorge duldeten keinen Aufschub. Nachdem sie hastig die Läden ihrer Tür geöffnet hatte, die auf die Veranda ging, trat sie hinaus und rief leise nach dem alten Neger.

»Heil'ger Petrus! Miss Clarisse, ich denk' schon, da is'n Gespenst oder was, steht da kerz'ng'rad mitten inne' Nacht.«

Er stieg die lange, breite Treppe halb hinauf. Sie stand ganz oben.

»Bruce, wohin is' Monsieur Alcée gegangen?« fragte sie.

»Je, er hat was vor, denk' ich«, antwortete Bruce, der sich zunächst heftig um unverbindliche Aussagen bemühte.

»Wohin ist Monsieur Alcée gegangen?« wiederholte sie und stampfte mit dem nackten Fuß auf. »Ich dulde keinen Unsinn und keine Lügen, merk dir das, Bruce.«

»Ich wüßt' nich', daß ich Sie nie nich' angelog'n hätt', Miss Clarisse. Mista Alcée, der is' weg, ne.«

»Wo – ist – er – hingegangen? *Ah, Sainte Vierge! faut de la patience! butor, va!*«

»Wo ich heut' in sei'm Zimmer bin und sein' Kleider ausbürst'n tu'«, begann der Schwarze, indem er sich gegen das Geländer lehnte, »kuckt er so stumm un' traurich, ich sach ›Sie komm' mir g'rad' so vor wie'n Oposs'm, wo krank wird, Mista Alcée.‹ Sacht er: ›Meinste?‹ Dann steht er auf, kuckt dauernd inn' Spiegel rein. Dann geht er zum Kamin un' mach de Butt'l Chinin auf und tut 'ne ganze Masse inne Hand 'rein. Un' schluckt das mit'n Ruck runner un' kippt'n groß'n Schluck Whisky hinnerher, wo er im Zimmer hat, wann er pitschnaß vom Feld kommt. Er sacht, ›Nix, ich wer' nich' krank, Bruce.‹ Dann stellt er sich hin wie'n Boxer. Sacht: ›Ich kann's mit je'n Kerl un' je'n Mann aufnehm'n, wo ich kenn', höchst'ns nich' John L. Sulvun. Aba wenn der allmächtich' Gott un' 'ne Frau sich geng mich z'sammentun, das is' einer zuviel für mich.‹ Ich sach' ihm, ›genau‹, währ'nd ich'n Fleck da von sei'm Krang abmach'. Ich sach' ihm: ›Bissi Ruh‹ brauch'n Se, ne.‹ Sacht er: ›Nein, bissi austob'n brauch' ich, un' das krieg' ich. Tu' mir 'ne Handvoll Kleider da inne Satteltasch'n da.‹ Genau so spricht er. Kein' Angst, Missy. Er is' grad' zum kejsch'n (Cajun) Ball geritt'n. Oh oh, de Moskitos flieg Ihn'n g'rad' wie Bien'n umme Füß'!«

Tatsächlich griffen die Moskitos Clarisses weiße Füße brutal an. Unbewußt hatte sie ihre Füße aneinander gerieben, während der Neger berichtete.

»Der akadische Ball«, wiederholte sie verächtlich. »Hm! *Par exemple!* Schönes Benehmen für einen Labalière! Und er braucht eine Satteltasche mit Kleidung für den akadischen Ball!«

»Oh, Miss Clarisse, geh'n Se doch zu Bett, Kind. Se brauch'n doch Schlaf. In'n paar Woch'n oder so kommt er bestimmt wieder. Ich kann doch nich' 's ganze Zeug erzähl'n, wo'n junga Mann sacht, doch nich' mitt'n ins Gesicht von 'm jung'n Mäd'l!«

Clarisse sagte nichts mehr, sondern drehte sich um und kehrte schnell ins Haus zurück.

»Hast'n Schnab'l schon viel zu weit aufgeriss'n, du blöder alter Nigger, du«, brummelte Bruce vor sich hin, als er davonging.

Alcée erreichte den Ball natürlich sehr spät – zu spät für den Hühnergumbo, der um Mitternacht serviert worden war. Der große Raum mit der niedrigen Decke – er wurde als Saal bezeichnet – war voller Männer und Frauen, die zur Musik dreier Fiedeln tanzten. Breite Galerien umgaben ihn von allen Seiten. An einer Seite war ein Zimmer, in dem ernst aussehende Männer Karten spielten. Ein anderes Zimmer, in dem Babies schliefen, wurde *le parc aux petits* genannt. Jeder, dessen Haut weiß ist, kann einen akadischen Ball besuchen, aber er muß seine Limonade, seinen Kaffee und seinen Hühnergumbo selbst bezahlen. Und er muß sich wie ein Akadier benehmen. Grosbœuf gab den Ball. Er hatte ihn gegeben, seit er ein junger Mann war, und nun war er in den mittleren Jahren. In all der Zeit konnte er sich nur einer einzigen Störung entsinnen, und die hatten die amerikanischen Eisenbahner verursacht, die mit ihrer Umgebung nichts zu tun und hier nichts zu suchen gehabt hatten. »*Ces maudits gens du raiderode*«, pflegte Grosbœuf sie zu nennen.

Alcée Laballières Anwesenheit bei dem Ball beeindruckte sogar die Männer, die nicht umhin konnten, seinen »Mumm« nach einem solchen Unglück zu bewundern. Zugegeben, sie wußten, daß die Laballières reich waren – sie besaßen Vermögen im Osten und auch in der Stadt. Aber sie fühlten, daß man ein *brave homme* sein mußte, um einen solchen Schlag so gelassen hinzunehmen. Ein alter Herr, der regelmäßig eine Pariser Zeitung las und sich auskannte, gluckste jedem vergnügt zu, daß Alcées Auftreten einfach *chic, mais chic* war. Daß er mehr *panache* besaß als Boulanger. Nun, vielleicht hatte er das.

Was er sich jedoch nicht anmerken ließ, war die Tatsache, daß er heute nacht zu üblen Abenteuern aufgelegt war. Nur der arme Bobinôt fühlte es verschwommen. Er nahm einen Abglanz davon in Alcées schönen Augen wahr, als der junge Plantagenbesitzer im Eingang stand und mit eher fiebrigen Blicken auf die Menge schaute, während er mit einem neben ihm stehenden akadischen Farmer lachte und plauderte.

Bobinôt selbst wirkte unscheinbar und schwerfällig. Die meisten Männer sahen so aus. Doch die jungen Frauen waren schön. Die Augen, mit denen sie im Vorübergehen in Alcées Augen blickten, waren groß, dunkel, sanft wie die der jungen Färsen, die draußen in dem kühlen Präriegras standen.

Aber die Königin des Balles war Calixta. Ihr weißes Kleid war nicht annähernd so hübsch oder so gut geschneidert wie das von Fronie (sie und Fronie hatten das Duell auf den Kirchenstufen völlig vergessen und waren wieder Freundinnen), und ihre Schuhe keineswegs so modisch wie die von Ozéina; sie fächelte sich mit einem Taschentuch, da sie ihren roten Fächer beim letzten Ball zerbrochen hatte und ihre Tanten und Onkel ihr keinen neuen bewilligten. Aber alle Männer stimmten darin überein, daß sie heute abend in ihrer besten Verfassung war. Dieses Feuer! Diese Ungehemmtheit! Diese Geistesblitze!

»He, Bobinôt! *Mais* was is'n los? Was stehst'n da *planté là* wie alt' Ma'ame Tinas Kuh auf'm Klo, wie?«

Das war ein Guter. Das war ein trefflicher Ausfall gegen Bobinôt, der den Tanzschritt vergessen hatte, da sein Geist von anderen Dingen gefesselt war, und auf seine Kosten erhob sich ein gewaltiges Gelächter. Er stimmte gutmütig ein. Es war immer noch besser, von Calixta wenigstens so wahrgenommen zu werden als überhaupt nicht. Aber Madame Suzonne, die in einer Ecke saß, flüsterte ihrer Nachbarin zu, daß Ozéina, sollte sie sich so benehmen, sofort zum Maultierkarren begleitet und nach Hause gebracht würde. Die Frauen hielten nicht immer viel von Calixta.

Hin und wieder kam es zu kurzen Tanzpausen, wenn Paare auf die Veranda strömten, um sich kurz zu verschnaufen und Luft zu schnappen. Im Westen war der Mond verblaßt, und doch war im Osten noch kein Versprechen des Tages zu sehen. Als die Tänzer sich nach einer solchen Pause wieder sammelten, um ihre unterbrochene Quadrille fortzusetzen, fehlte Calixta.

Sie saß draußen im Schatten auf einer Bank, Alcée neben ihr. Sie benahmen sich närrisch. Er hatte versucht, ihr einen kleinen goldenen Ring vom Finger zu ziehen, nur so zum Spaß, denn er hätte nichts mit dem Ring anfangen können außer ihn ihr wieder anzustecken. Aber sie ballte die Hand zur Faust. Er tat so, als ob es sehr schwierig sei, sie wieder zu öffnen. Dann hielt er sie in seiner Hand. Anscheinend dachten sie nicht mehr daran. Er spielte mit ihrem Ohrring, einem dünnen Halbmond aus Gold, der an ihrem kleinen braunen Ohr baumelte. Er ergriff eine Locke ihres wuscheligen Haares, die sich nicht hatte bändigen lassen, und rieb ihr Ende an seiner glattrasierten Wange.

»Weißt du noch, letztes Jahr in Assumption, Calixta?« Sie gehörten zur jüngeren Generation und sprachen daher lieber Englisch.

»Erzählen Sie mir bloß nichts von Assumption, M'sieur Alcée. Ich hab' Assumption zu hören gekriegt, bis ich ganz krank war.«

»Ja, ich weiß. Diese Idioten! Weil du in Assumption warst und ich zufällig hingefahren bin, können sie nichts anderes denken, als daß wir zusammen hin sind. Aber es war schön – *hein*, Calixta? – in Assumption?«

Sie sahen, wie Bobinôt aus dem Saal auftauchte und einen Augenblick außerhalb des beleuchteten Eingangs stand, wo er unsicher und suchend in die Dunkelheit spähte. Er sah sie nicht und ging langsam zurück.

»Da ist Bobinôt und sucht dich. Du machst den armen Bobinôt noch verrückt. Eines Tages wirst du ihn heiraten, *hein*, Calixta?«

»Ich sag' nich' nein, ich«, antwortete sie und bemühte sich, ihm ihre Hand zu entziehen, die er nach diesem Versuch nur noch fester hielt.

»Ach geh, Calixta, du weißt doch, daß du gesagt hast, du würdest wieder nach Assumption gehen, nur um ihnen eins auszuwischen.«

»Nein, das hab' ich nie gesagt, nie. Das ham Sie wohl geträumt.«

»Oh, ich dachte, du hättest es gesagt. Weißt du, ich will in die Stadt.«

»Wann?«

»Heut' nacht.«

»Dann müssen Sie schnell machen. Is' schon fast Tag.«

»Na, morgen reicht auch noch.«

»Was ham Sie denn da vor?«

»Ich weiß nich'. Vielleicht ertränk' ich mich im See, außer wenn du hinfährst und deinen Onkel besuchst.«

Calixtas Sinne verwirrten sich und verließen sie fast ganz, als sie fühlte, wie Alcées Lippen leicht wie eine Rose ihr Ohr berührten.

»Mista Alcée! Is' da Mista Alcée?« fragte die heisere Stimme eines Negers; er stand unten und griff in der Nähe des Paares an das Geländer.

»Was willst du denn jetzt?« rief Alcée ungeduldig. »Kann ich nicht mal einen Augenblick meine Ruhe haben?«

»Ich hab' Se überall gesuch', wirklich wah'«, antwortete der Mann. »Da – da is jeman' auf'e Straße, unner'm Maulbeerbaum, will Se bloß mal sprech'n.«

»Ich würd' nicht mal auf die Straße rausgehen, wenn der Erzengel Gabriel da wäre. Und wenn du noch mal kommst und mir was erzählen willst, brech' ich dir das Genick.« Der Neger ging brummelnd davon.

Alcée und Calixta lachten leise darüber. Ihr Übermut war völlig verschwunden. Sie flüsterten miteinander und lachten weich, wie Verliebte es tun.

»Alcée! Alcée Laballière!«

Diesmal war es nicht die Stimme des Negers, sondern eine, die Alcées Körper wie ein elektrischer Schlag traf und ihn auf die Füße brachte.

Clarisse stand im Reitkleid da, wo der Neger gestanden hatte. Einen Augenblick lang herrschte Verwirrung in Alcées Gedanken, wie wenn man aus einem Traum hochfährt. Doch er fühlte, daß es etwas Ernstes sein mußte, das seine Cousine mitten in der Nacht zum Ball geführt hatte.

»Was hat das zu bedeuten, Clarisse?« fragte er.

»Es bedeutet, daß zu Hause etwas passiert ist. Du mußt kommen.«

»Etwas mit Mama?« fragte er beunruhigt.

»Nein, der Tante geht's gut, sie schläft. Es ist etwas anderes. Du brauchst dir keine Sorgen zu machen. Aber du mußt kommen. Komm' mit mir, Alcée.«

Sie hätte ihn nicht anzuflehen brauchen. Er wäre dieser Stimme überallhin gefolgt.

Nun erkannte sie das Mädchen, das auf der Bank saß.

»Ah, c'est vous, Calixta? Comment ça va, mon enfant?«

»Tcha va b'en; et vous, mam'zélle?«

Alcée sprang über das niedrige Geländer und machte sich daran, Clarisse zu folgen, ohne ein Wort, ohne einen Blick zurück auf das Mädchen zu werfen. Er hatte vergessen, daß er sie dort zurückließ. Aber Clarisse flüsterte ihm etwas zu, und er drehte sich um, um »Gute Nacht« zu sagen und ihr durch das Geländer die Hand zum Gruß zu reichen. Sie gab vor, sie nicht zu sehen.

»Wie kommt das? Sitz't hier ganz allein, Calixta?« Das war Bobinôt, der sie allein hier gefunden hatte. Die Tänzer waren noch nicht herausgekommen. Sie sah totenblaß aus in dem schwachen grauen Licht, das sich im Osten hervorkämpfte.

»Ja, ich bin's. Geh' runter in den *parc aux petits* und frag' Tante Olisse nach mei'm Hut. Sie weiß, wo er is'. Ich will jetzt heim.«

»Wie biste gekommen?«

»Zu Fuß, mit den Cateaus. Aber ich geh' jetzt. Ich wart' nich' auf sie. Ich bin todmüde.«

»Kann ich mitkommen, Calixta?«

»Is' mir egal.«

Sie gingen zusammen über die offene Prärie und an den Feldern entlang, stolpernd im ungewissen Licht. Er sagte, sie solle ihr Kleid anheben, das naß und schmutzig wurde; denn sie riß Unkraut und Gräser heraus.

»Is' mir egal; muß sowieso gewaschen wer'n. Du has' doch dauernd gesagt, du willst mich heiraten, Bobinôt. Wenn du immer noch willst, mir isses egal.«

Das Leuchten eines plötzlichen und überwältigenden Glücks erschien auf dem braunen derben Gesicht des jungen Akadiers. Er konnte vor Freude nicht sprechen. Sie erstickte ihn.

»Na gut, wenn de nich' willst«, fauchte Calixta und tat so, als ob sie über sein Schweigen erzürnt sei.

»*Bon Dieu!* Weißt du, das macht mich verrückt, was du da sagst. Meinst du's wirklich ernst, Calixta? Du überlegst dir's nich' noch mal anders?«

»Ich hab' dir noch *nie* so was erzählt, Bobinôt. Ich mein' es ernst. *Tiens*«, und sie streckte ihm die Hand in der geschäftsmäßigen Art eines Mannes hin, der einen Handel per Handschlag besiegelt. Bobinôt wurde kühn vor Glück und bat Calixta, ihn zu küssen. Sie wandte ihm ihr Gesicht zu, das nach den Zerstreuungen der Nacht beinahe häßlich war, und sah ihn fest an.

»Ich will dich nich' küssen, Bobinôt«, sagte sie und wandte sich wieder ab, »nich' heute. Ein andermal. *Bonté divine!* Bist du *noch* nich' zufrieden?«

»Oh, ich bin zufrieden, Calixta«, sagte er.

Als sie durch ein Waldstück ritten, lockerte Clarisses Sattel sich, und sie und Alcée stiegen ab, um ihn wieder zu befestigen.

Zum zwanzigsten Mal fragte er sie, was zu Hause passiert war.

»Aber Clarisse, was ist los? Ein Unglück?«

»*Ah Dieu sait!* Nur mir ist etwas zugestoßen.«

»Dir!«

»Ich sah dich letzte Nacht mit diesen Satteltaschen fortreiten, Alcée«, sagte sie zögernd und bemühte sich dabei, etwas am Sattel zu richten, »und ich fragte Bruce danach. Er sagte, daß du zum Ball gegangen bist und mehrere Wochen wegbleiben würdest. Ich dachte, Alcée, daß du vielleicht nach – nach Assumption reiten wolltest. Ich wurde wahnsinnig. Und dann merkte ich, wenn du nicht *jetzt,* heute nacht, zurückkommen würdest, könnte ich es nicht ertragen, nicht mehr.«

Während sie das sagte, hielt sie den Kopf fest in ihrem Arm verborgen, den sie auf den Sattel stützte.

Er begann sich zu fragen, ob das Liebe hieß. Aber erst mußte sie es ihm sagen, bevor er es glaubte. Und als sie es ihm sagte, dachte er; daß die Welt nicht mehr dieselbe war – genau wie Bobinôt. War es letzte Woche gewesen, als der Wirbelsturm ihn um ein Haar ruiniert hätte? Der Zyklon erschien ihm jetzt nur noch als ein großer Spaß. Er war es gewesen, der vor einer Stunde die kleine Calixta aufs Ohr geküßt und dummes Zeug hineingeflüstert hatte. Calixta war zu einem Phantasiegebilde geworden. Die einzige große Wirklichkeit auf der Welt war Clarisse, die vor ihm stand und ihm sagte, daß sie ihn liebte.

In der Ferne hörten sie eine Salve Pistolenschüsse, aber das störte sie nicht. Sie wußten, daß es nur die Negermusiker waren, die, wie es Brauch ist, auf den Vorplatz gegangen waren, um mit ihren Pistolen in die Luft zu schießen und zu verkünden »*le bal est fini*«.

Désirées Baby

Da es ein schöner Tag war, fuhr Madame Valmondé nach L'Abri hinüber, um Désirée und das Baby zu besuchen.

Sie mußte lachen, wenn sie sich Désirée mit einem Baby vorstellte. Schien es doch erst gestern gewesen zu sein, daß Désirée selbst noch ein Baby war, als Monsieur sie beim Ritt durch die Einfahrt von Valmondé entdeckt hatte, wie sie im Schatten der großen Steinsäule lag und schlief.

Die Kleine wurde auf seinem Arm wach und rief nach »Dada«. Das war ungefähr das einzige, was sie tun oder sagen konnte. Manche Leute meinten, sie sei vielleicht aus eigenem Antrieb fortgelaufen, denn sie konnte schon laufen. Die meisten glaubten, daß sie von einer Gruppe Texaner ausgesetzt worden war, deren Planwagen am späten Nachmittag auf der Fähre übergesetzt war, die Coton Maïs gerade unterhalb der Plantage betrieb. Mit der Zeit hatte Madame Valmondé alle derartigen Spekulationen aufgegeben, außer der einen, daß Désirée ihr von einer gütigen Vorsehung als Kind ihrer Liebe geschickt worden war, da sie keine leiblichen Kinder hatte. Denn das Mädchen wuchs heran und wurde schön und liebenswürdig, zärtlich und aufrichtig – der Abgott von Valmondé.

Als sie eines Tages an der Steinsäule lehnte, in deren Schatten sie achtzehn Jahre zuvor schlafend gelegen hatte, war es daher auch kein Wunder, daß Armand Aubigny, der eben vorüberritt und sie dort sah, sich in sie verliebte. Alle

Aubignys verliebten sich so, wie von einem Pistolenschuß niedergestreckt. Ein Wunder war es vielmehr, daß er sich nicht schon früher in sie verliebt hatte, denn er kannte sie, seit sein Vater ihn als achtjährigen Buben aus Paris, wo seine Mutter gestorben war, nach Hause gebracht hatte. Die Leidenschaft, die an jenem Tag in ihm erwachte, als er sie am Tor stehen sah, brach sich Bahn wie eine Lawine oder ein Buschfeuer oder jedenfalls etwas, das alle Hindernisse beiseite fegt.

Monsieur Valmondé ging die Dinge praktisch an und forderte, alles gut zu bedenken: genau gesagt, die im Dunkel liegende Herkunft des Mädchens. Armand sah ihr in die Augen und scherte sich nicht weiter darum. Man erinnerte ihn daran, daß sie keinen Namen hatte. Wozu ein Name, wenn er ihr einen der ältesten und stolzesten Namen in ganz Louisiana geben konnte? Er bestellte den *corbeille* in Paris und übte sich mit aller ihm nur möglichen Geduld in Zurückhaltung, bis er eintraf; dann wurden sie getraut.

Madame Valmondé hatte Désirée und das Baby seit vier Wochen nicht mehr gesehen. Als sie L'Abri erreichte, fröstelte es sie, wie jedesmal, wenn sie seiner zuerst gewahr wurde. Es war ein düster wirkendes Anwesen; seit vielen Jahren hatte es auf die sanfte Hand einer Herrin verzichten müssen, da der alte Monsieur Aubigny seine Frau in Frankreich geheiratet und zu Grabe getragen hatte, denn sie hatte ihr Heimatland zu sehr geliebt, um es je zu verlassen. Das Dach fiel steil und schwarz ab wie eine Kapuze und zog sich bis über die Veranden, die das gelb verputzte Haus von allen Seiten einschlossen. Große, ehrfurchtgebietende Eichen umstanden es, und ihre ausladenden Äste mit den dicken Blättern hüllten es ein wie ein Mantel. Auch vertrat der junge Aubigny strenge Grundsätze, und so hatten die Neger die Fröhlichkeit verlernt, die zu Lebzeiten des großzügigen und nachsichtigen alten Herrn geherrscht hatte.

Die junge Mutter erholte sich nur langsam und lag in

ihrem weichen weißen Kleid aus Musselin und Spitzen auf der Chaiselongue. Das Baby lag neben ihr in ihrem Arm, wo es an ihrer Brust eingeschlafen war. Die gelbhäutige Kinderfrau saß am Fenster und fächelte sich zu.

Madame Valmondé beugte ihre stattliche Figur über Désirée und küßte sie, wobei sie sie einen Moment zärtlich umarmte. Dann wendete sie sich dem Kind zu.

»Dies ist nicht das Baby!« rief sie in beunruhigtem Ton. In jenen Tagen sprach man Französisch in Valmondé.

»Ich wußte, daß du staunen würdest, wie er gewachsen ist«, lachte Désirée. »Das kleine *cochon de lait!* Schau mal seine Beine an, Mama, und seine Hände und die Fingernägel – richtige Fingernägel. Zandrine mußte sie heute morgen schneiden. Stimmt's, Zandrine?«

Die Frau neigte majestätisch ihren turbangeschmückten Kopf. »*Mais si, Madame.*«

»Und wie er schreit«, fuhr Désirée fort, »man kann taub davon werden. Vor ein paar Tagen hat Armand ihn bis zu La Blanches Hütte gehört.«

Madame Valmondé hatte das Kind keinen Augenblick aus den Augen gelassen. Sie nahm es auf und trug es zu dem Fenster, in das das meiste Licht einfiel. Sie betrachtete es eingehend und blickte dann wie fragend zu Zandrine hinüber, die mit abgewandtem Gesicht auf die Felder starrte.

»Ja, das Kind ist gewachsen, es hat sich verändert«, sagte Madame Valmondé langsam, als sie es wieder neben seine Mutter legte. »Was sagt Armand?«

Auf Désirées Gesicht erschien das Leuchten reiner Glückseligkeit.

»Oh, Armand ist der stolzeste Vater in der ganzen Gemeinde, ich glaube, vor allem, weil es ein Junge ist, der seinen Namen weitertragen wird; obwohl er sagt, nein – er hätte ein Mädchen genauso lieb. Aber ich weiß, daß das nicht wahr ist. Ich weiß, daß er es mir zuliebe sagt. Und, Mama«, fügte sie hinzu, wobei sie Madame Valmondés Kopf zu sich herunterzog und flüsterte, »er hat keinen von ihnen bestraft – nicht einen einzigen –, seit das Baby da ist. Nicht einmal Negrillon, der behauptet hat, er hätte sein Bein versengt, denn er wollte sich von der Arbeit ausruhen – er hat nur gelacht und gesagt, daß Negrillon ein großer Gauner ist. Ach Mama, ich bin so glücklich, daß es mir Angst macht.«

Désirée sagte die Wahrheit. Die Ehe und dann die Geburt seines Sohnes hatte Armand Aubignys herrischen und strengen Charakter sehr gemildert. Und das beglückte Désirée, denn sie liebte ihn abgöttisch. Wenn er die Stirn runzelte, zitterte sie und liebte ihn trotzdem. Wenn er lächelte, war das der höchste Segen, den sie von Gott hätte erbitten können. Aber Armands dunkles hübsches Gesicht wurde nur noch selten durch Stirnrunzeln entstellt, seit er sich in sie verliebt hatte.

Als das Baby etwa drei Monate alt war, erwachte Désirée eines Tages mit der Gewißheit, daß etwas in der Luft lag, das ihren Frieden bedrohte. Zunächst war es zu schwach, als daß sie es hätte greifen können. Es war nur ein beunruhigender Hauch, die Andeutung eines Geheimnisses bei den Schwarzen; unerwartete Besuche weit entfernt lebender Nachbarn, die kaum einen Grund für ihr Kommen angeben konnten. Dann eine seltsame, eine schreckliche Veränderung im Wesen ihres Mannes, nach deren Ursache sie ihn nicht zu fragen wagte. Wenn er mit ihr sprach, wendete er seinen Blick von ihr ab, und das alte verliebte Leuchten in seinen Augen schien erloschen zu sein. Er blieb seinem Heim oft fern, und wenn er zu Hause war, ging er ihr und dem Kind aus dem Weg, ohne sich dafür zu entschuldigen. Und in seinem Umgang mit den Sklaven schien plötzlich der Teufel in ihn gefahren zu sein. Désirée war zu Tode verzweifelt.

An einem heißen Nachmittag saß sie im *peignoir* in ihrem Zimmer und fuhr mit den Fingern teilnahmslos durch die Strähnen ihres langen seidig braunen Haars, das ihr auf die Schultern fiel. Das halbnackte Baby lag schlafend auf ihrem großen Mahagoni-Bett, das mit seinem satinbesetzten Halbbaldachin wie ein prächtiger Thron wirkte. Einer von La Blanches kleinen Quadroon-Buben stand, ebenfalls halbnackt, daneben und fächelte dem Kind mit einem Fächer aus Pfauenfedern langsam zu. Désirées Augen hefteten sich abwesend und traurig auf das Baby, während sie mit aller Kraft versuchte, die drohenden Wolken zu durchdringen, die sich, wie sie fühlte, über ihr zusammenzogen. Sie schaute von ihrem Kind zu dem Buben neben ihm und wieder zurück, wieder und wieder. »Ach!« Sie konnte den Ausruf nicht zurückhalten und merkte nicht, daß sie ihn ausgestoßen hatte. Das Blut erstarrte ihr in den Adern, und eine klebrige Feuchtigkeit sammelte sich auf ihrem Gesicht.

Sie versuchte, den kleinen Quadroon-Buben anzusprechen, doch brachte sie zunächst keinen Ton heraus. Als er seinen Namen hörte, blickte er auf, und seine Herrin deutete zur Tür. Er legte den großen weichen Fächer hin und schlich auf den nackten Zehenspitzen gehorsam über den glänzend polierten Fußboden davon.

Sie blieb reglos sitzen, den Blick fest auf ihr Kind gerichtet, ihr Gesicht ein Bild des Entsetzens.

Kurz darauf trat ihr Mann herein, und ohne sie zu beachten, ging er zu einem Tisch und begann, zwischen den Papieren zu suchen, die ihn bedeckten.

»Armand«, rief sie mit einer Stimme, die ihn hätte treffen müssen, wäre er ein Mensch gewesen. Doch er beachtete sie nicht. »Armand«, wiederholte sie. Dann erhob sie sich und ging taumelnd zu ihm. »Armand«, stöhnte sie noch einmal und umklammerte seinen Arm, »sieh unser Kind an. Was hat das zu bedeuten? Sag es mir.«

Kalt, doch höflich, löste er ihre Finger von seinem Arm und schob ihre Hand weg. »Sag mir, was es bedeutet!« rief sie verzweifelt.

»Es bedeutet«, sagte er geringschätzig, »daß das Kind nicht weiß ist; es bedeutet, daß du nicht weiß bist.«

Sie erfaßte sofort die ganze Tragweite dieser Beschuldigung und schöpfte daraus den ungewöhnlichen Mut, sie abzustreiten. »Das ist eine Lüge, es ist nicht wahr, ich bin weiß! Sieh mein Haar an, es ist braun, und meine Augen sind grau, Armand, du weißt doch, daß sie grau sind. Und meine Haut ist hell«, sie faßte nach seinem Handgelenk. »Sieh meine Hand an, weißer als deine, Armand«, lachte sie hysterisch.

»So weiß wie die von La Blanche«, gab er grausam zurück, dann ging er hinaus und ließ sie mit ihrem Kind allein zurück:

Als sie eine Feder in der Hand halten konnte, schickte sie Madame Valmondé einen verzweifelten Brief.

»Meine Mutter, sie sagen mir, daß ich nicht weiß bin. Armand hat mir gesagt, daß ich nicht weiß bin. Um Gottes willen, sag ihnen, daß es nicht wahr ist. Du mußt wissen, daß es nicht wahr ist. Ich werde sterben. Ich muß sterben. Ich kann nicht so unglücklich sein und leben.«

Die Antwort war kurz:

»Meine einzige Désirée: komm nach Hause nach Valmondé; zurück zu Deiner Mutter, die Dich liebt. Komm mit Deinem Kind.«

Als Désirée den Brief erhielt, ging sie damit in das Arbeitszimmer ihres Mannes und legte ihn offen auf das Pult, an dem er saß. Sie war wie ein versteinertes Bild; stumm, weiß, reglos, nachdem sie den Brief hingelegt hatte.

Schweigend eilten seine kalten Augen über die Zeilen. Er sagte nichts.

»Soll ich gehen, Armand?« fragte sie mit einer Stimme, die vor gequälter Spannung schrill war.

»Ja, geh.«

»Willst du, daß ich gehe?«

»Ja, ich will, daß du gehst.«

Er dachte, daß der Allmächtige Gott ein grausames und unfaires Spiel mit ihm getrieben hatte; und er hatte das unbestimmte Gefühl, daß er es ihm heimzahlte, wenn er die Seele seiner Frau in dieser Weise verletzte. Außerdem liebte er sie nicht mehr, weil sie, ohne es zu wissen, diese Schande über sein Haus und seinen Namen gebracht hatte.

Sie drehte sich um, wie von einem Schlag betäubt, und ging langsam zur Tür, in der Hoffnung, er würde sie zurückrufen.

»Leb wohl, Armand«, wimmerte sie.

Er antwortete nicht. Das war sein letzter Schlag gegen die Vorsehung.

Désirée suchte ihr Kind. Zandrine ging in der düsteren Veranda mit ihm auf und ab. Ohne ein Wort der Erklärung nahm sie den Kleinen aus den Armen der Amme und ging die Stufen hinunter und unter den Eichen davon.

Es war ein Nachmittag im Oktober, die Sonne ging eben unter. Draußen auf den stillen Feldern pflückten die Neger Baumwolle.

Désirée hatte weder das dünne weiße Kleid noch die leichten Schuhe gewechselt. Ihr Haar war nicht bedeckt, und die Sonnenstrahlen ließen sein braunes Gespinst golden schimmern. Sie schlug nicht die breite gestampfte Straße ein, die zu der weit entfernten Plantage Valmondé führte. Sie ging über ein abgeerntetes Feld, wo die Stoppeln ihre zarten, so leicht bekleideten Füße verletzten und ihr dünnes Gewand zerrissen.

Sie verschwand zwischen dem Schilf und den Weiden, die die Ufer des tiefen und träge fließenden Bayou dicht bewuchsen; und sie kam nicht zurück.

Einige Wochen später spielte sich in L'Abri eine merkwürdige Szene ab. Mitten auf dem sauber gefegten Hinterhof brannte ein großes Feuer. Armand Aubigny saß in der geräumigen Eingangshalle, von der aus man das Schauspiel überblicken konnte, und er war es auch, der das Material, das das Feuer am Brennen erhielt, an ein halbes Dutzend Neger austeilte. Eine anmutige Wiege aus Weidenholz mit ihrer ganzen erlesenen Ausstattung wurde den Flammen übergeben, die bereits mit der Pracht eines unbezahlbaren *layette* genährt worden waren. Dann waren da Seidenkleider und Kleider aus Samt und Satin gewesen, auch Spitzen und Stickereien, Häubchen und Handschuhe, denn der *corbeille* war außergewöhnlich kostbar gewesen.

Das letzte Stück war ein schmales Päckchen Briefe, unschuldige kleine Billets, die Désirée ihm während der Verlobungszeit geschickt hatte. Hinten in der Schublade, aus der er sie nahm, waren die Reste eines Briefes. Doch er war nicht von Désirée, sondern ein Stück eines alten Briefes, den seine Mutter an seinen Vater geschrieben hatte. Er las ihn. Sie dankte Gott dafür, daß er sie mit der Liebe ihres Mannes gesegnet hatte: –

»Doch vor allem«, schrieb sie, »danke ich dem gütigen Gott Tag und Nacht, denn er hat unser Leben so eingerichtet, daß unser lieber Armand niemals erfahren wird, daß seine Mutter, die ihn innig liebt, zu der Rasse gehört, der der Fluch der Sklaverei eingebrannt ist.«

Jenseits des Bayou

Der Bayou schlang sich wie ein Halbmond um das Stück Land, auf dem La Folles Hütte stand. Zwischen dem Fluß und der Hütte lag ein großes, nicht mehr bebautes Feld, auf dem Vieh weidete, wenn der Fluß genügend Wasser führte. Durch die Wälder, die sich bis in unbekannte Regionen erstreckten, hatte die Frau eine imaginäre Linie gezogen, und diesen Kreis überschritt sie niemals. Nur so äußerte sich ihr Wahn.

Sie war jetzt eine große, hagere schwarze Frau jenseits der fünfunddreißig. Eigentlich hieß sie Jacqueline, aber jeder auf der Plantage nannte sie La Folle, denn in ihrer Kindheit hatte die Angst sie im wahrsten Sinne des Wortes um den Verstand gebracht, und sie hatte ihn nie wieder ganz erlangt.

Es war zu der Zeit gewesen, als in den Wäldern ständig Scharmützel stattfanden und Scharfschützen unterwegs waren. Der Abend nahte schon, als P'tit Maître, schwarz von Pulver und rot von Blut, in die Hütte von Jacquelines Mutter getaumelt war, die Verfolger dicht auf den Fersen. Dieser Anblick hatte ihren kindlichen Geist völlig durcheinander gebracht.

Sie wohnte allein in ihrer abgelegenen Hütte, da die übrigen Hütten längst abgerissen waren und sie nichts mehr von ihnen sah noch wußte. Sie besaß mehr Kraft als die meisten Männer und bearbeitete ihr Stückchen Land mit Baumwolle und Getreide und Tabak wie die tüchtigsten von ihnen.

Doch von der Welt jenseits des Bayou hatte sie seit langer Zeit nichts weiter gehört als das, was ihre kranke Phantasie sich vorstellte.

Die Leute in Bellissime hatten sich dabei an sie und ihre Art gewöhnt und dachten sich nichts dabei. Nicht einmal, als »Old Mis'« starb, wunderten sie sich darüber, daß La Folle nicht über den Bayou kam, sondern jammernd und klagend auf ihrer Seite stand.

Jetzt war P'tit Maître der Besitzer von Bellissime. Er war ein Mann in mittleren Jahren und hatte mehrere schöne Töchter und einen kleinen Sohn, den La Folle liebte wie ein eigenes Kind. Sie nannte ihn Chéri, und so nannten ihn auch alle anderen, weil sie es tat.

Keines der Mädchen war ihr je das gewesen, was Chéri ihr bedeutete. Alle miteinander waren sie sehr gern bei ihr gewesen und hatten ihren phantastischen Geschichten von den Dingen gelauscht, die sich immer »da drüben, überm Bayou« zutrugen.

Doch keine von ihnen hatte ihre schwarze Hand so gestreichelt wie Chéri oder den Kopf so zutraulich an ihr Knie gelehnt oder war in ihren Armen eingeschlafen wie er so oft früher. Denn jetzt tat Chéri so etwas kaum noch, seit er stolzer Besitzer eines Gewehrs war und seine schwarzen Locken abgeschnitten worden waren.

In jenem Sommer – in dem Sommer, in dem Chéri ihr zwei schwarze Locken gab, mit einer roten Schleife zusammengebunden – führte der Bayou so wenig Wasser, daß sogar die kleinen Kinder aus Bellissime hindurchwaten konnten und das Vieh zum Weiden den Fluß hinuntergetrieben wurde. La Folle war traurig, als es fort war, denn sie hing an diesen stummen Gefährten; sie liebte das Gefühl, daß sie da waren, und hörte gern, wenn sie nachts bis zu ihr hinaufkamen.

Es war Samstagnachmittag, und die Felder lagen verlassen da. Die Männer hatten sich zu ihren allwöchentlichen Geschäften in einem Nachbardorf versammelt, und die Frauen waren mit dem Haushalt beschäftigt, La Folle ebenso wie die anderen. Sie flickte und wusch dann ihre paar Kleider, scheuerte das Haus und buk.

Bei dieser Tätigkeit vergaß sie Chéri niemals. Heute hatte sie Krokantstückchen in den merkwürdigsten und verlockendsten Formen extra für ihn gebacken. Als sie den Jungen nun mit seinem glänzenden neuen Gewehr über der Schulter über das alte Feld staksen sah, rief sie ihn fröhlich: »Chéri! Chéri!«

Doch sie hätte Chéri nicht zu rufen brauchen, denn er war bereits auf dem Weg zu ihr. Seine Taschen quollen über von Mandeln und Rosinen und einer Orange, die er ihr bei dem erlesenen Essen gesichert hatte, das an diesem Tag im Haus seines Vaters stattgefunden hatte.

Er war jetzt zehn Jahre und hatte ein sonniges Gesicht. Als er seine Taschen geleert hatte, streichelte La Folle seine runden roten Wangen, wischte seine schmutzigen Hände an ihrer Schürze ab und strich ihm das Haar glatt. Dann sah sie zu, wie er mit den Plätzchen in der Hand durch den Baumwollvorhang an der hinteren Tür der Hütte ging und im Wald verschwand.

Er hatte damit angegeben, was er mit seinem Gewehr da draußen alles schießen würde.

»Glaubst du, daß viel Wild im Wald ist, La Folle?« hatte er mit der abschätzenden Miene eines erfahrenen Jägers gefragt.

»*Non, non!*« lachte die Frau. »Nach Wild brauchste nich' zu such'n, Chéri. Das is' zu groß. Aber bring' La Folle ein schönes fettes Eichhörnchen für mor'n zum Ess'n mit, dann isse ganz zufrieden.«

»Ein Eichhörnchen is doch nix. Ich bring' dir 'n paar mit, La Folle«, hatte er großspurig verkündet, als er davonzog.

Als die Frau eine Stunde später hörte, wie das Gewehr am Waldrand knallte, hätte sie sich nichts dabei gedacht, wäre nicht gleich darauf ein scharfer Schmerzensschrei gefolgt.

Sie zog die Arme aus dem Wäschezuber, in den sie eingetaucht waren, trocknete sie an der Schürze ab und eilte, so rasch ihre zitternden Beine sie tragen wollten, zu der Stelle, von der der verhängnisvolle Knall gekommen war.

Es war so, wie sie befürchtet hatte. Sie fand Chéri am Boden liegend, das Gewehr neben ihm. Er jammerte herzzerreißend:

»Ich bin tot, La Folle! Ich bin tot! Ich bin gestorben!«

»*Non, non!*« rief sie energisch, als sie neben ihm niederkniete. »Leg deine Arme um La Folles Hals, Chéri. 's is' nix, is' bestimmt nix.« Sie hob ihn mit ihren starken Armen hoch.

Chéri hatte sein Gewehr mit dem Lauf nach unten getragen. Er war gestolpert – wieso, wußte er nicht. Er wußte nur, daß eine Kugel irgendwo in sein Bein eingedrungen war und glaubte, sein Ende sei nahe. Jetzt lag er mit dem Kopf auf der Schulter der Frau und stöhnte und weinte vor Schmerz und Angst.

»Oh, La Folle! La Folle! Es tut so weh! Ich kann's nich' aushalten, La Folle!«

»Wein' nich', *mon bébé, mon bébé, mon Chéri!*« sagte die Frau beruhigend, während sie mit langen Schritten dahinging. »La Folle kuckt nach dir; Doktor Bonfils kommt und macht *mon Chéri* wieder ganz gesund.«

Sie hatte das verlassene Feld erreicht. Als sie es mit ihrer kostbaren Last überquerte, spähte sie unablässig und ruhelos von einer Seite zur anderen. Eine schreckliche Angst quälte sie – die Angst vor der Welt jenseits des Bayou, das krankhafte und wahnsinnige Entsetzen, das sie seit ihrer Kindheit verfolgte.

Als sie die Ufer des Bayou erreichte, blieb sie stehen und rief, als ob es auf Leben und Tod ginge:

»*Oh, P'tit Maître! P'tit Maître! Venez donc! Au secours! Au secours!*«

Niemand antwortete. Chéris heiße Tränen brannten auf

ihrem Nacken. Sie rief alles und jeden dort, und immer noch kam keine Antwort.

Sie rief, sie jammerte, aber ob ihre Stimme nun nicht gehört oder nicht beachtet wurde, jedenfalls antwortete niemand auf ihr panisches Schreien. Und die ganze Zeit klagte und weinte Chéri und flehte darum, nach Hause zu seiner Mutter gebracht zu werden.

La Folle sah sich mit einem letzten verzweifelten Blick um. Höchstes Entsetzen lastete auf ihr. Sie drückte das Kind fest gegen ihre Brust, wo es ihr Herz wie einen dumpfen Hammer schlagen hörte. Dann schloß sie die Augen, rannte schnell das flache Ufer des Bayou hinunter und hielt erst wieder an, als sie das gegenüberliegende Ufer hinaufgeklettert war.

Zitternd blieb sie einen Moment stehen, als sie die Augen öffnete. Dann stürzte sie sich den Pfad zwischen den Bäumen hinab.

Sie sprach nicht mehr mit Chéri, sondern murmelte pausenlos: »*Bon Dieu, ayez pitié La Folle! Bon Dieu, ayez pitié moi!*«

Der Instinkt schien sie zu führen. Als der Pfad zu ihren Füßen deutlich und eben genug vor ihr lag, schloß sie erneut die Augen vor dem Anblick dieser unbekannten und erschreckenden Welt.

Ein Kind, das im Unkraut spielte, erblickte sie, als sie sich dem Quartier näherte. Die Kleine stieß einen Schreckensschrei aus.

»La Folle!« schrie sie mit ihrer durchdringenden hohen Stimme. »La Folle is' über'n Beju 'kommen!«

Rasch lief der Schrei die Reihe der Hütten entlang.

»Drü'm, La Folle is' über'n Bayou 'rüber!«

Kinder, alte Männer, alte Frauen, junge Frauen mit Babies auf dem Arm stürzten zu den Türen und Fenstern, um dieses ehrfurchtgebietende Schauspiel zu sehen. Die meisten von ihnen erschauderten in abergläubischer Furcht davor, was es bedeuten mochte. »Se schleppt Chéri!« riefen manche.

Einige besonders Mutige sammelten sich um sie und folgten ihr auf den Fersen, nur um sich von neuem zu entsetzen, als sie ihnen ihr verzerrtes Gesicht zuwandte. Ihre Augen waren blutunterlaufen, der Speichel auf ihren schwarzen Lippen zu weißem Schaum geronnen.

Jemand war vor ihr hergerannt, dorthin, wo P'tit Maître und seine Gäste auf der Veranda saßen.

»P'tit Maître! La Folle is' über'n Bayou! Seh'n Se se an! Seh'n Se da, se schleppt Chéri!« Diese alarmierende Ankündigung war das erste, was sie vom Herannahen der Frau hörten.

Sie war jetzt ganz nah. Sie ging mit langen Schritten. Ihre Augen waren verzweifelt auf den Boden vor ihr geheftet, und sie atmete schwer wie ein erschöpfter Ochse.

Am Fuß der Treppe, die sie nicht mehr hätte ersteigen können, legte sie den Jungen in die Arme seines Vaters. Dann wurde die Welt, die für La Folle rot ausgesehen hatte, plötzlich schwarz – wie an dem Tag, als sie Pulver und Blut gesehen hatte.

Sie taumelte. Bevor ein stützender Arm sie halten konnte, fiel sie schwer auf den Boden.

Als La Folle wieder zu sich kam, war sie zu Hause, in ihrem eigenen Bett. Der Mondschein, der durch die offene Tür und die Fenster fiel, gab genug Licht für die alte schwarze Mammy, die am Tisch stand und ein Getränk aus aromatischen Kräutern braute. Es war sehr spät.

Andere, die gekommen waren und festgestellt hatten, daß La Folle noch in Ohnmacht lag, waren wieder gegangen. P'tit Maître war dagewesen und mit ihm Doktor Bonfils, der gesagt hatte, daß La Folle vielleicht sterben würde.

Doch der Tod war an ihr vorübergegangen. Mit klarer, gleichmäßiger Stimme sprach sie Tante Lizette an, die ihren Tee dort in der Ecke kochte.

»Wennste mir 'n guten Tee da gibst, Tante Lizette, dann denk' ich, ich wer' wohl schlaf'n.«

Und sie schlief; sie schlief so fest und gesund, daß die alte Lizette sich ohne schlechtes Gewissen davonstahl, langsam zurück über die mondbeschienenen Felder zu ihrer Hütte im neuen Quartier.

Der erste Hauch des kühlen Morgens weckte La Folle. Sie erhob sich so ruhig, als hätte nicht erst gestern ein Sturm ihre Existenz erschüttert und bedroht.

Sie zog ihr neues blaues Baumwollkleid an und dazu eine weiße Schürze, da ihr einfiel, daß es Sonntag war. Nachdem sie sich einen starken schwarzen Kaffee gekocht und ihn mit Genuß getrunken hatte, verließ sie die Hütte und ging wieder über das altvertraute Feld zum Ufer des Bayou.

Sie hielt nicht an, wie sie es früher immer getan hatte, sondern überquerte ihn mit langen stetigen Schritten, als ob sie es ihr ganzes Leben so gemacht hätte.

Als sie sich ihren Weg durch das Unterholz und das Pappelgestrüpp gebahnt hatte, fand sie sich am Rand eines Feldes, auf dem die weiße aufbrechende Baumwolle mit dem Tau darauf viele Morgen weit in der frühen Dämmerung wie frostiges Silber funkelte.

La Folle tat einen tiefen langen Atemzug, als sie über das Land schaute. Sie ging langsam und unentschlossen, wie jemand, der sich ungewiß ist, und schaute fortwährend nach allen Seiten.

Die Hütten, aus denen sie gestern der Lärm von Stimmen verfolgt hatte, lagen jetzt ruhig da. In Bellissime war noch niemand aufgestanden. Nur die Vögel, die hier und da aus den Hecken aufstiegen, waren wach und sangen ihr Morgenlied.

Als La Folle den breiten samtenen Rasen erreichte, bewegte sie sich langsam und mit Entzücken über das federnde Gras, das sich unter ihren Füßen wunderbar anfühlte.

Sie blieb stehen, weil sie herausfinden wollte, woher diese Wohlgerüche kamen, die ihre Sinne mit Erinnerungen an eine längst vergangene Zeit bestürmten.

Da waren sie, sie kamen zu ihr von den tausend blauen Veilchen, die aus den üppigen grünen Beeten hervorblitzten. Da waren sie, sie strömten aus den großen wachsfarbenen Kelchen der Magnolien hoch über ihr, und aus den Jasminsträuchern um sie herum.

Auch Rosen waren da, Rosen ohne Zahl. Rechts und links erstreckten sich Palmen in breiten, anmutigen Linien. Unter dem funkelnden Glanz des Taus wirkte alles wie verzaubert.

Als La Folle langsam und vorsichtig die zahlreichen Stufen zur Veranda erklommen hatte, drehte sie sich um, um auf den gefährlichen Aufstieg zurückzuschauen, der hinter ihr lag. Sie erblickte den Fluß, der sich zu ihren Füßen wie ein silberner Bogen wand. Ihr Herz frohlockte.

La Folle klopfte vorsichtig an eine Tür in ihrer Nähe. Bald öffnete Chéris Mutter vorsichtig. Geistesgegenwärtig verbarg sie das Erstaunen, das sie bei La Folles Anblick überkam.

»Ah, La Folle! Du bist es, so früh?«

»*Oui*, Madame. Wollt' mal frag'n, wie's mei'm arm'n klein'n Chéri heut mojn geht.«

»Es geht ihm besser, danke, La Folle. Dr. Bonfils sagt, es sei nichts Ernstes. Er schläft noch. Willst du wiederkommen, wenn er wach ist?«

»*Non,* Madame. Ich wart' hier, bis Chéri wach is'.« La Folle setzte sich auf die oberste Stufe der Veranda.

Ein Ausdruck des Staunens und der tiefen Befriedigung erschien auf ihrem Gesicht, während sie zum ersten Mal zusah, wie die Sonne über der neuen, der schönen Welt jenseits des Bayou aufging.

Eine Dame aus Bayou St. John

Die Tage und die Nächte waren für Madame Delisle sehr einsam. Gustave, ihr Ehemann, war fort, mit Beauregard irgendwo drüben in Virginia, und sie war hier in dem alten Haus am Bayou St. John, allein mit ihren Sklaven.

Madame war sehr schön. So schön, daß sie es sehr vergnüglich fand, stundenlang vor dem Spiegel zu sitzen und ihren eigenen Liebreiz zu betrachten, den Glanz ihres goldenen Haares zu bewundern, das sanfte Schmachten ihrer blauen Augen, die graziösen Linien ihres Körpers, die pfirsichgleiche Frische ihres Leibes. Sie war sehr jung. So jung, daß sie sich mit den Hunden herumbalgte, den Papagei neckte und nachts nur einschlafen konnte, wenn die alte schwarze Manna-Loulou an ihrem Bett saß und ihr Geschichten erzählte.

Kurz, sie war ein Kind und nicht imstande, die Bedeutung der Tragödie zu begreifen, deren Entwicklung die zivilisierte Welt in ihren Bann geschlagen hatte. Lediglich die unmittelbaren Auswirkungen des entsetzlichen Dramas bewegten sie: die Schwermut, die immer mehr, um sich griff und damit auch ihre eigene Existenz erfaßte und sie um ihre Heiterkeit brachte.

Sépincourt fand, daß sie sehr einsam und trostlos wirkte, als er sie eines Tages besuchte, um mit ihr zu plaudern. Sie war blaß, ihre blauen Augen trüb von ungeweinten Tränen. Er war Franzose und wohnte in der Nähe. Er zuckte die

Schultern angesichts dieses Bruderzwists, dieses Streits, der ihn nichts anging und der ihn vor allem deshalb störte, weil die Annehmlichkeiten des Lebens darunter litten; dabei war er jung genug, daß das Blut in seinen Adern hätte schneller und heißer fließen können.

Als er Madame Delisle an jenem Tag verließ, waren ihre Augen nicht mehr trüb, und die Düsternis, die auf ihr lastete, war ein wenig leichter geworden. Das geheimnisvolle, das verräterische Band, das man Sympathie nennt, hatte sie einander offenbart.

In diesem Sommer besuchte er sie sehr oft, und immer war er in kühles weißes Leinen gekleidet und trug eine Blume im Knopfloch. Seine liebenswürdigen braunen Augen suchten die ihren mit warmen, freundlichen Blicken, die sie trösteten, wie eine Liebkosung ein verzweifeltes Kind tröstet. Sie fand Gefallen daran, nach seiner schlanken, ein wenig gebeugten Gestalt, die gemächlich die von zwei Reihen Magnolienbäumen bestandene Allee heraufschlenderte, Ausschau zu halten.

Manchmal saßen sie ganze Nachmittage in einer Ecke der Veranda, über die die Weinreben ein schützendes Dach gebreitet hatten, und nippten an dem schwarzen Kaffee, den Manna-Loulou ihnen immer wieder brachte, und dabei sprachen sie, sie sprachen unaufhörlich in jenen ersten Tagen, in denen sie sich unbewußt einer dem anderen öffneten. Dann kam eine Zeit – sie kam sehr schnell –, in der es so aussah, als hätten sie einander nichts mehr zu sagen.

Er brachte ihr Nachrichten aus dem Krieg mit, und sie sprachen gleichgültig darüber, von langen Pausen des Schweigens unterbrochen, deren keiner von ihnen sich gewahr wurde. Auf Umwegen gelangte gelegentlich ein Brief von Gustave zu ihr, in zurückhaltendem, traurig stimmenden Ton. Dann lasen sie ihn und seufzten gemeinsam.

Einmal standen sie vor seinem Porträt, das im Salon hing und das sie freundlich mit nachsichtigen Augen ansah. Madame wischte das Bild mit ihrem Tüchlein ab und drückte impulsiv einen zarten Kuß auf die bemalte Leinwand. In den vergangenen Monaten war das lebendige Bild ihres Gatten immer stärker in einen Nebel eingetaucht, den sie mit all ihrer Willenskraft nicht durchdringen konnte.

Als sie und Sépincourt eines Tages bei Sonnenuntergang schweigend nebeneinander standen und über das *marais* blickten, das im Licht aus dem Westen erglühte, sagte er zu ihr: »*M'amie,* lassen Sie uns aus diesem Land fortgehen, das so *triste* ist. Lassen Sie uns nach Paris gehen, Sie und ich.«

Sie glaubte, er scherzte, und lachte nervös. »Ja, Paris wäre sicher lustiger als Bayou St. John«, erwiderte sie. Doch er scherzte nicht. Sie erkannte es sofort an seinem Blick, der ihren festhielt, am Beben seiner empfindsamen Lippen und am schnellen Pulsieren einer Ader, die an seinem gebräunten Hals hervortrat.

»Paris, oder irgendwohin – mit Ihnen – ah, *bon Dieu!*« flüsterte er und ergriff ihre Hände. Aber erschreckt entzog sie sie ihm; sie eilte ins Haus und ließ ihn allein.

In dieser Nacht wollte Madame zum ersten Mal keine von Manna-Loulous Geschichten hören, und sie blies die Kerze aus, die sonst immer unter der großen Kristallkugel in ihrem Schlafzimmer gebrannt hatte. Sie war plötzlich eine Frau geworden, fähig zu Liebe oder Opfer. Sie würde Manna-Loulous Geschichten nicht mehr lauschen. Sie wollte allein sein, zittern und weinen.

Am Morgen waren ihre Augen trocken, doch sie wollte Sépincourt nicht empfangen, als er kam. Da schrieb er ihr einen Brief.

»Ich habe Sie gekränkt, und lieber wollte ich tot sein!« hieß es darin. »Verstoßen Sie mich nicht aus Ihrer Nähe, die für mich das Leben ist. Lassen Sie mich zu Ihren Füßen liegen, und sei es nur für einen Augenblick, um Sie sagen zu hören, daß Sie mir verzeihen.«

Männer haben solche Briefe auch früher schon geschrieben, doch Madame wußte das nicht. Für sie war es eine Stimme aus dem Unbekannten; sie klang wie Musik und entfesselte in ihrem Innern einen köstlichen Aufruhr, der ihr ganzes Wesen ergriff und gefangen hielt.

Als sie sich trafen, genügte ihm ein Blick in ihr Gesicht, um zu verstehen, daß er nicht zu ihren Füßen liegend um Verzeihung bitten mußte. Sie erwartete ihn unter den weit ausgestreckten Zweigen einer immergrünen Eiche, die das Tor ihres Hauses gleich einem Wachtposten hütete.

Einen kurzen Augenblick hielt er ihre zitternden Hände. Dann schloß er sie in seine Arme und küßte sie wieder und wieder. »Sie gehen mit mir, *m'amie?* Ich liebe Sie – ach, ich liebe Sie! Sie gehen doch mit mir, *m'amie?*«

»Überallhin, überallhin«, sagte sie mit ersterbender Stimme, die er kaum hören konnte.

Doch sie ging nicht mit ihm. Das Schicksal wollte es anders. In jener Nacht brachte ein Kurier ihr eine Nachricht von Beauregard, in der er ihr mitteilte, daß Gustave, ihr Ehemann, tot war.

Als das neue Jahr noch jung war, kam Sépincourt zu dem Schluß, daß er, genau besehen, mit Madame Delisle über seine Liebe sprechen konnte, ohne voreilig zu wirken. Seine Liebe war so heftig wie eh und je, vielleicht sogar noch ein wenig stärker, da er ihr ein so langes Schweigen und Warten aufgenötigt hatte. Wie er es erwartet hatte, fand er sie in tiefe Trauer gekleidet. Sie begrüßte ihn genauso, wie sie den Pfarrer empfangen hatte, als der freundliche alte Priester ihr die Tröstungen der Religion gebracht hatte – indem sie mit Wärme seine Hände ergriff und ihn »*cher ami*« nannte. Ihre ganze Haltung, ihr Betragen, führten Sépincourt zu der schmerzhaften und verwirrenden Überzeugung, daß in ihren Gedanken kein Platz mehr für ihn war.

Sie saßen im Salon vor Gustaves Porträt, das mit seiner Schärpe geschmückt war. Über dem Bild hing sein Säbel, und darunter war ein breites Band von Blumen. Sépincourt fühlte den fast unwiderstehlichen Impuls, seine Knie vor diesem Altar zu beugen, auf dem sich die Zerstörung seiner Hoffnungen abzeichnete.

Ein zarter Windhauch strich weich über das *marais.* Er zog durch das offene Fenster, beladen mit hundert kleinen Geräuschen und Gerüchen des Frühlings. Er schien Madame an etwas sehr weit Zurückliegendes zu erinnern, denn sie blickte träumerisch hinaus auf das blaue Firmament. Mit unwiderstehlicher Kraft trieb es Sépincourt zu sprechen und zu handeln.

»Sie müssen wissen, was mich hergeführt hat«, begann er erregt und zog seinen Stuhl näher zu ihr heran. »All diese Monate habe ich nie aufgehört, Sie zu lieben und mich nach Ihnen zu sehnen. Tag und Nacht hörte ich den Klang Ihrer teuren Stimme; Ihre Augen...«

Mißbilligend streckte sie die Hand aus. Er ergriff sie und hielt sie fest. Sie ließ sie teilnahmslos in der seinen liegen.

»Sie können nicht vergessen haben, daß Sie mich vor nicht allzu langer Zeit geliebt haben«, fuhr er eifrig fort, »daß Sie bereit waren, mir überallhin zu folgen, überallhin; erinnern Sie sich? Ich bin gekommen, Sie um die Erfüllung dieses Versprechens zu bitten; Sie zu bitten, meine Frau zu werden, meine Gefährtin, der teure Schatz meines Lebens.«

Sie hörte seine warmen flehenden Laute, als lauschte sie einer fremden, völlig unverständlichen Sprache.

Sie entzog ihm ihre Hand und stützte in Gedanken versunken ihre Stirn darauf.

»Können Sie nicht fühlen – können Sie nicht verstehen, *mon ami*«, sagte sie ruhig, »daß so etwas – daß ein derartiger Gedanke für mich jetzt ganz unmöglich ist?«

»Unmöglich?«

»Ja, unmöglich. Können Sie nicht sehen, daß mein Herz, *meine Seele, meine Gedanken* – mein ganzes Leben jetzt einem anderen gehören müssen? Es könnte nicht anders sein.«

»Muß ich glauben, daß Sie Ihr junges Leben an einen Toten fesseln wollen?« rief er mit einer Art Entsetzen aus. Ihr Blick war tief in das Blumenarrangement vor ihr versunken.

»Mein Mann war mir niemals so lebendig wie jetzt«, antwortete sie mit einem schwachen Lächeln des Mitgefühls für Sépincourts Begriffsstutzigkeit. »Alles in meiner Umgebung spricht mir von ihm. Ich schaue hinüber ins *marais* und sehe, wie er mir entgegenkommt, müde und verschmutzt von der Jagd. Ich sehe ihn wieder auf diesem oder dem Stuhl da sitzen. Ich höre seine vertraute Stimme, seine Schritte auf der Veranda. Noch einmal gehen wir unter den Magnolien spazieren; und des Nachts spüre ich in meinen Träumen, daß er da ist, nah bei mir. Wie könnte es anders sein! Ah! Ich habe Erinnerungen, Erinnerungen, die mein ganzes Leben erfüllen und bereichern, und wenn ich hundert Jahre alt werden sollte!«

Sépincourt fragte sich, warum sie nicht den Säbel vom Altar nahm und auf der Stelle seinen Körper damit durchbohrte. Die Wirkung wäre unendlich weniger schmerzhaft für ihn gewesen als ihre Worte, die in seine Seele eindrangen wie Feuer. Er erhob sich verwirrt und zornig vor Schmerz.

»Dann, Madame«, stammelte er, »bleibt mir nichts mehr zu tun als mich zu verabschieden. Ich sage Ihnen Adieu.«

»Seien Sie nicht gekränkt, *mon ami*«, sagte sie freundlich und reichte ihm die Hand. »Sie gehen nach Paris, nehme ich an?«

»Welche Rolle spielt es, wohin ich gehe?« rief er verzweifelt aus.

»Ach, ich wollte Ihnen nur *bon voyage* wünschen«, versicherte sie ihm liebenswürdig.

Noch viele Tage verbrachte Sépincourt mit der vergeblichen Mühe, dieses psychologische Rätsel, das Herz einer Frau, ein wenig zu verstehen.

Madame lebt heute noch am Bayou St. John. Sie ist jetzt eine alte Dame, eine sehr hübsche alte Dame, in deren langen Jahren der Witwenschaft es niemals den geringsten Anlaß zum Tadel gegeben hat. Die Erinnerung an Gustave erfüllt und befriedigt ihr Leben auch heute noch. Niemals versäumt sie es, einmal im Jahr eine feierliche Messe für den Frieden seiner Seele lesen zu lassen.

La Belle Zoraïde

Die Sommernacht war heiß und still; nicht ein Lufthauch ging über den *marais*. Drüben, jenseits des Bayou St. John leuchteten hier und da Lichter in der Dunkelheit, und oben am Himmel funkelten ein paar Sterne. Ein Boot, das vom See her kam, bewegte sich langsam und träge den Flußarm hinunter. Der Mann im Boot sang ein Lied. Die Melodie erreichte von fern auch das Ohr der alten Manna-Loulou, als sie, selbst schwarz wie die Nacht, auf die Galerie hinaustrat, um die Läden weit zu öffnen.

Etwas an dem Refrain erinnerte sie an eine alte, halb vergessene kreolische Romanze, und sie fing an, sie leise vor sich hin zu singen, während sie die Läden zurückklappte:

Lisett' to kité la plaine,
Mo perdi bonhair à moué;
Ziès à moué semblé fontaine,
Dépi mo pa miré toué.

Und dieses alte Lied, die Klage eines Liebenden über den Verlust seiner Geliebten, erinnerte sie an eine Geschichte, die sie Madame erzählen würde; Madame, die auf ihrem prächtigen Mahagonibett lag und darauf wartete, gefächelt und mit einer Geschichte von Manna-Loulou zum Schlafen gebracht zu werden. Die alte Schwarze hatte ihrer Herrin schon die hübschen weißen Füße gewaschen und liebevoll geküßt – den einen, dann den anderen. Dann hatte sie ihr das schöne Haar, so weich und glänzend wie Satin und von derselben Farbe wie Madames Ehering, gebürstet. Als sie jetzt wieder den Raum betrat, ging sie leise auf das Bett zu, setzte sich und fing an, Madame Delisle behutsam zuzufächeln.

Manna-Loulou hatte sich ihre Geschichten nicht immer schon zurechtgelegt, denn Madame wollte immer nur wahre Geschichten hören, keine anderen. Doch heute abend hatte sie die Geschichte ganz im Kopf – die Geschichte von der schönen Zoraïde – und sie erzählte sie ihrer Herrin in dem weichen kreolischen *patois*, dessen Zauber und Musik keine andere Sprache vermitteln kann.

»Die schöne Zoraïde hatte Augen, die waren so dunkel, so schön, daß jeder Mann, der zu lange in ihre Tiefen sah, ganz sicher seinen Kopf verlor, ja manchmal auch sein Herz. Ihre weiche, glatte Haut hatte die Farbe von *café-au-lait*. Ihre eleganten Umgangsformen, ihre geschmeidige und graziöse Gestalt waren Gegenstand des Neides fast aller Frauen, die ihre Herrin, Madame Delarivière, besuchten.

Kein Wunder, daß Zoraïde so bezaubernd und zierlich wie die feinste Dame von der Rue Royale war: Von Kindesbeinen an war sie an der Seite ihrer Herrin aufgewachsen; Musselinsäume zu nähen, war die gröbste Arbeit gewesen, die ihre Hände verrichtet hatten; sie hatte sogar einen eigenen kleinen schwarzen Diener. Madame, die nicht nur ihre Herrin sondern auch ihre Patin war, sagte oft zu ihr:

›Denke daran, Zoraïde, wenn du eines Tages heiratest, daß du deiner Erziehung Ehre erweisen mußt. Die Hochzeit wird in der Kathedrale stattfinden. Dein Hochzeitskleid, deine Mitgift – alles wird vom Besten sein; ich werde selber dafür sorgen. Du weißt, M'sieur Ambroise ist bereit, wann immer du dein Ja-Wort gibst; und sein Herr ist willens, soviel für ihn zu tun wie ich für dich. Das ist eine Verbindung, die mir in jeder Hinsicht gefiele.‹

M'sieur Ambroise war damals der Leibsklave von Doktor Langlé. Die schöne Zoraïde haßte den kleinen Mulatten, mit seinem glänzenden Schnurrbart, wie ihn die Weißen trugen, und seinen kleinen Augen, so grausam und falsch wie die einer Schlange. Sie schlug ihre Augen, die selbst nicht so ohne waren, nieder und sagte:

›Ah, Nénaine, ich bin so glücklich, so zufrieden bei Ihnen, ganz wie es gerade ist. Ich möchte jetzt nicht heiraten: nächstes Jahr vielleicht, oder übernächstes.‹ Und dann lächelte Madame wohl nachsichtig und mahnte Zoraïde, daß der Zauber einer Frau nicht ewig währt.

Doch die Wahrheit war, daß Zoraïde den schönen Mézor gesehen hatte, wie er auf dem Congo Square die Bamboula tanzte. Dieser Anblick konnte einen atemlos machen. Mézor war schlank und hochgewachsen wie eine Zypresse, stolz wie ein König. Sein Körper, nackt bis zur Taille, glich einer Säule aus Ebenholz und glänzte wie Öl.

Das Herz der armen Zoraïde verzehrte sich vor Liebe nach dem schönen Mézor von dem Augenblick an, als sie das wilde Strahlen seines vor Anstrengung der Bamboula leuchtenden Blickes, seinen herrlichen Körper sah, der durch die Figuren des Tanzes wiegte und zitterte.

Doch als sie ihn später kennenlernte und er zu ihr trat und mit ihr sprach, war all die Wildheit aus seinen Augen verschwunden, sie sah in ihnen nur Freundlichkeit und hörte nur Sanftheit in seiner Stimme; denn auch ihn hatte die Liebe ergriffen, und Zoraïde konnte nur noch an ihn denken. Wenn Mézor nicht auf dem Congo Square Bamboula tanzte, schlug er Zuckerrohr, barfuß und halbnackt, auf dem Feld seines Herrn vor der Stadt. Er und M'sieur Ambroise hatten beide denselben Herrn, Doktor Langlé.

Eines Tages, als Zoraïde vor ihrer Herrin kniete und ihr Seidenstrümpfe von der besten Sorte anzog, sagte sie:

›Nénaine, Sie haben oft mit mir übers Heiraten gesprochen. Jetzt habe ich endlich einen Gatten gewählt, aber es ist nicht M'sieur Ambroise; es ist der schöne Mézor, den ich will und keinen anderen.‹ Und Zoraïde versteckte ihr Gesicht in den Händen, als sie das gesagt hatte. Sie vermutete zu Recht, daß ihre Herrin böse sein würde. Und in der Tat war Madame Delarivière zuerst sprachlos vor Zorn. Als sie endlich redete, brachte sie nur erbittert heraus:

›Diesen Neger! Diesen Neger! *Bon Dieu Seigneur,* das ist wirklich zuviel!‹

›Bin ich denn weiß, Nénaine?‹ wandte Zoraïde flehend ein.

›Du und weiß! *Malheureuse!* Du verdienst die Peitsche wie jeder andere Sklave; du hast bewiesen, daß du keine Spur besser als die Schlechteste von ihnen bist!‹

›Ich bin nicht weiß, beharrte Zoraïde, bescheiden und sanft. ›Doktor Langlé gibt mir seinen Sklaven zum Mann, aber er würde mir nicht seinen Sohn geben. So lassen Sie mich, da ich selbst nicht weiß bin, einen Mann meiner Rasse haben, einen, den mein Herz erwählt hat.‹

Sie können mir jedoch glauben, daß Madame davon nichts hören wollte. Zoraïde wurde verboten, mit Mézor noch zu sprechen; und Mézor wurde gewarnt, Zoraïde weiter zu treffen. Doch sie wissen ja, wie die Neger sind. Ma'zelle Titite«, fügte Manna-Loulou ein bißchen traurig lächelnd hinzu. »Es gibt keine Herrin, keinen Herrn, keinen König oder Priester, der sie vom Lieben abhalten kann, wenn sie es wollen. Und die beiden fanden Mittel und Wege.

Nach einigen Monaten schien Zoraïde sich selbst immer fremder zu werden, verschlossen und geistesabwesend, und wieder sprach sie zu ihrer Herrin:

›Nénaine, Sie wollten mich Mézor nicht zum Mann haben lassen; aber ich war Ihnen ungehorsam, ich habe gesündigt. Töten Sie mich, wenn Sie wollen, Nénaine; vergeben Sie mir, wenn Sie wollen – aber als ich den schönen Mézor zu mir sagen hörte, »*Zoraïde, mo l'aime toi*«, hätte ich eher sterben können, als daß ich ihn nicht geliebt hätte.‹

Diesmal verwundete Zoraïdes Bekenntnis Madame Delarivière so sehr, daß kein Platz mehr für Zorn in ihrem Herzen war. Sie brachte nur noch wirre Vorwürfe heraus. Doch sie war eine Frau der Tat; ohne große Worte handelte sie sofort. Ihr erster Schritt war, Doktor Langlé zum Verkauf seines Sklaven zu veranlassen. Doktor Langlé, ein Witwer, hatte schon lange vor, Madame Delarivière zu heiraten, und wäre willig auf allen vieren am hellichten Tag über den Place d'Armes gekrochen, wenn sie es verlangt hätte. Selbstverständlich verlor er keine Zeit, den schönen Mézor loszuwerden; er wurde nach Georgia verkauft, oder nach Carolina, oder in eine weit entfernte Gegend, wo er weder seine kreolische Sprache hören noch die Calinda tanzen, noch die schöne Zoraïde in den Armen halten konnte.

Dem armen Ding brach das Herz, als Mézor weggeschickt wurde, doch der Gedanke an das Kind, das sie bald an ihre Brust drücken könnte, gab ihr Trost und Hoffnung.

Der Leidensweg der schönen Zoraïde hatte nun ernstlich begonnen. Nicht nur Leid, sondern auch Schmerzen, und zu der Last der Schwangerschaft gesellte sich der Schatten des Todes. Doch es gibt keine Schmerzen, die eine Mutter nicht vergißt, wenn sie ihr Erstgeborenes ans Herz drückt und mit ihren Lippen den Körper des Kindes berührt, Fleisch von ihrem Fleisch, doch soviel kostbarer.

Als Zoraïde aus dem schrecklichen Dunkel erwachte, blickte sie instinktiv suchend um sich und tastete mit zitternden Händen umher. ›*Où li, mo piti à moin?*‹ fragte und flehte sie. Madame und die Hebamme sagten ihr eine wie die andere, ›*To piti à toi, li mouri*‹, eine bösartige Lüge, die Grund genug gewesen sein muß, die Engel im Himmel weinen zu lassen. Denn das Baby lebte und war gesund und munter. Es war sofort von seiner Mutter weggenommen worden und sollte auf Madames Plantage weit oben an der Küste geschickt werden. Zoraïde konnte nur klagen, ›*Li mouri, li mouri*‹, und sie drehte ihr Gesicht zur Wand.

Madame hatte gehofft, durch diesen Raub Zoraïde wieder so frei, glücklich und schön wie zuvor an ihrer Seite zu haben. Doch es war ein stärkerer Wille als der ihre am Werk – der Wille des gütigen Gottes, der schon bestimmt hatte, daß Zoraïdes Leid in dieser Welt nie wieder aufhören sollte. La belle Zoraïde gab es nicht mehr. Statt dessen gab es eine Frau mit trauernden Augen, die Tag und Nacht um ihr Kind klagte. ›Li mouri, li mouri‹, seufzte sie wieder und wieder vor den anderen, und auch allein, wenn die anderen ihr Jammern leid waren.

Doch trotz allem hatte M'sieur Ambroise immer noch vor, sie zu heiraten. Ob eine traurige oder eine fröhliche Frau war ihm einerlei, solange diese Frau nur Zoraïde war. Und sie schien in die Hochzeit einzuwilligen, oder eher sich zu fügen, als ob auf dieser Welt sowieso nichts mehr Bedeutung hätte.

Eines Tages betrat ein schwarzer Diener etwas geräuschvoll das Zimmer, in dem Zoraïde saß und nähte. Mit einem Ausdruck fremdartigen, leeren Glücks im Gesicht fuhr Zoraïde eilends auf. ›Psst, psst, mach keinen Lärm‹, flüsterte sie mit erhobenem Zeigefinger, ›meine Kleine schläft; du darfst sie nicht wecken.‹

Auf dem Bett lag ein lebloses Lumpenbündel, wie ein Kind in Windeln gewickelt. Über diese Puppe hatte sie den Moskitovorhang gezogen und saß zufrieden daneben. Von jenem Tag an war Zoraïde, um es kurz zu sagen, umnachtet. Weder Tag noch Nacht ließ sie die Puppe aus den Augen, die in ihrem Bett oder in ihren Armen lag.

Und jetzt plagte Madame Kummer und Reue über diese schreckliche Krankheit, die ihre liebe Zoraïde befallen hatte. Sie beriet sich mit Doktor Langlé und sie beschlossen, der Mutter das eigene Kind aus Fleisch und Blut zurückzugeben, das jetzt schon auf dem staubigen Hof der Plantage herumkrabbelte.

Madame selbst führte das hübsche, winzig kleine Mulattenmädchen zu seiner Mutter. Zoraïde saß auf einer Steinbank im Hof, hörte dem zarten Plätschern des Springbrunnens zu und beobachtete die unruhigen Schatten der Palmblätter auf den großen weißen Fliesen.

›Hier‹, sagte Madame, als sie näher kam, ›hier, meine arme liebe Zoraïde, ist deine eigene kleine Tochter. Behalte sie, sie gehört dir. Niemand wird sie dir je wieder wegnehmen.‹

Zoraïde sah mit dumpfem Mißtrauen auf ihre Herrin und das Kind vor ihr. Mit einer Hand stieß sie das Mädchen argwöhnisch von sich. Mit der anderen Hand drückte sie das Lumpenbündel fest an ihr Herz, denn sie vermutete eine Verschwörung, es ihr wegzunehmen.

Sie konnte durch nichts dazu bewegt werden, ihr eigenes Kind an sich heranzulassen; schließlich wurde es auf die Plantage zurückgeschickt, wo es nie Mutter- oder Vaterliebe kennen sollte.

Und das ist das Ende von Zoraïdes Geschichte. Sie wurde nie wieder la Belle Zoraïde genannt, sondern immer nur die verrückte Zoraïde, die niemand mehr heiraten wollte – nicht einmal mehr M'sieur Ambroise. Sie lebte lange, wurde eine alte Frau, die manche Leute bemitleideten und andere auslachten – und immer umklammerte sie ihr Lumpenbündel – ihr *piti*.

»Schlafen Sie, M'azélle Titite?«

»Nein, ich schlafe noch nicht; ich habe nachgedacht. Oh, die arme Kleine, Man Loulou, die arme Kleine! Sie wäre besser gestorben!«

Doch so sprachen Madame Delisle und Manna-Loulou tatsächlich miteinander:

»*Vou pré droumi, Ma'zélle Titite?*«

»*Non, pa pré droumi; mo yapré zongler. Ah, la pauv' piti, Man Loulou. La pauv' piti! Mieux li mouri!*«

Auf Chênière Caminada

1

Von den jungen Männern, die an diesem Sonntag die Kirche besuchten, wirkte keiner so schwerfällig wie Antoine Bocaze – der, der Tonie genannt wurde. Aber Tonie scherte sich wirklich nicht darum, ob er schwerfällig sei oder nicht. Er war überzeugt davon, daß seine Mutter die einzige Frau war, mit der er vernünftig reden konnte; doch da ihm nichts daran lag, das Herz eines der Mädchen auf der Insel zu entflammen – was machte das schon aus?

Er wußte, daß es auf Chênière Caminada keinen besseren Fischer gab als ihn – wenn sein Gesicht auch zu lang und zu stark gebräunt, seine Gliedmaßen zu ungelenk und seine Augen zu ernst waren – beinahe zu ehrlich.

Es war ein Tag im Hochsommer; vom Meer blies ein sengender Wind träge in die Kirchenfenster hinein. Die Bänder an den Hüten der jungen Mädchen flogen wie Vogelschwingen, und die alten Frauen griffen nach den flatternden Enden der Schleier, die ihre Köpfe bedeckten.

Ein paar Moskitos, die durch die glühende Luft schwammen, riefen mit ihrem Stechen und Summen eine gewisse Aufmerksamkeit und damit auch Andacht hervor. Die gleichmäßige Stimme des Priesters am Altar stieg und fiel wie ein Lied: »Credo in unum Deum patrem omnipotentem«, sang er. Und dann sahen die Leute sich an, sie waren plötzlich wie elektrisiert.

Jemand spielte die Orgel, der niemand auf der ganzen Insel

einen Ton zu entlocken vermochte und deren Klang man vor vielen Monaten das letzte Mal gehört hatte, als eines Tages ein Fremder auf der Durchreise mit gleichgültigen Fingern ihre Register gezogen hatte. Eine langgezogene süße Melodie schwebte von der Empore herunter und füllte die Kirche.

Den meisten kam es so vor – Tonie, der neben seiner Mutter stand, erschien es so –, als ob ein überirdisches Wesen zur Kirche Unserer Lieben Frau von Lourdes herabgestiegen sei, um über diesen himmlischen Weg mit seinem Volk in Verbindung zu treten.

Aber es war kein Wesen aus einer anderen Welt; es war nur eine junge Dame von Grand Isle. Eine recht hübsche junge Person mit blauen Augen und walnußfarbenem Haar, die ein gepunktetes Kleid aus feinem Batist und von modischem Schnitt und dazu einen weißen Segelhut von Leghorn trug.

Tonie sah sie nach dem Gottesdienst vor der Kirche stehen, wo sie das wortreiche Lob und den Dank des Priesters für ihren reizenden Beistand entgegennahm.

Sie war mit Baptiste Beaudelets Fischerboot von Grand Isle zur Messe gekommen, zusammen mit einigen jungen Männern und zwei Damen, die dort eine Pension führten. Tonie kannte die beiden Damen – die Witwe Lebrun und ihre alte Mutter –, aber er versuchte nicht, mit ihnen zu sprechen; er hätte nicht gewußt, was er sagen sollte. Er stand abseits, und wie andere auch starrte er die Gruppe an und hielt seine ernsten Augen unverwandt auf die blonde Organistin gerichtet.

An diesem Tag kam Tonie spät zum Essen. Seine Mutter hatte wohl eine Stunde auf ihn gewartet; die rauhen Hände im Schoß gefaltet, saß sie ungeduldig in dem kleinen stillen Zimmer mit seinem klinkergemalten Fußboden, dem offenen Kamin und den schlichten Möbeln.

Er erzählte ihr, daß er herumgewandert war – er wußte kaum, wohin, und er wußte nicht, warum. Er mußte die Insel von einem Ende zum anderen durchquert haben, aber er hatte ihr nicht die kleinste Neuigkeit und kein bißchen Klatsch mitgebracht. Er wußte nicht, ob die Cotures zu den Avendettes zum Essen gegangen waren, ob es dem alten Pierre François besser oder schlechter ging oder ob er gestorben war, oder ob der lahme Philibert heute morgen wieder getrunken hatte. Er wußte nichts, und dabei war er doch durch das ganze Dorf gegangen und an allen seinen kleinen Häusern vorbeigekommen, die dicht nebeneinander standen und in einer langgezackten Reihe auf das Meer schauten; sie waren grau und von der Zeit und den rauhen Böen der salzigen Seewinde mitgenommen.

Er wußte nichts, obwohl die Cotures ihm alle »Guten Tag« gesagt hatten, als sie nacheinander bei den Avendettes eintraten, wo ein dampfender Teller Krabbengumbo auf jeden von ihnen wartete. Er hatte gehört, wie einige Frauen laut wehklagten, und wie andere sagten, daß sie um den alten Pierre François trauerten, der eben gestorben war. Aber er erinnerte sich nicht daran und auch nicht daran, daß der lahme Philibert ihn angerempelt hatte, als er da stand und geistesabwesend eine »Winkerkrabbe« beobachtete, die seitwärts über den von der Sonne gerösteten Sand kroch. Nichts von all dem konnte er seiner Mutter berichten, aber er sagte, er habe festgestellt, daß der Wind gut war und Baptistes Boot wie im Flug über das Wasser getragen haben mußte.

Nun, darüber konnte man sich unterhalten, und die alte Ma'ame Antoine, die recht beleibt war, stützte sich bequem auf den Tisch, nachdem sie Tonie seine Fleischbrühe auf den Teller gegeben hatte, und bemerkte, ihrer Meinung nach werde Madame alt. Tonie dachte darüber nach, daß sie vielleicht älter und ihr Haar weiß wurde, und er erinnerte seine Mutter an ihre Freundlichkeit und Anteilnahme in der Zeit, als sein Vater und seine Brüder umgekommen waren. Das war vor zehn Jahren während eines Unwetters in der Barataria Bay gewesen, als er noch ein kleiner Kerl war.

Ma'ame Antoine erklärte, daß sie diese Güte niemals vergessen würde, und wenn sie bis zum Jüngsten Tag leben sollte; aber trotzdem tue es ihr leid, daß Madame Lebrun auch nicht mehr so jung und frisch sei wie ehedem. Ihre Aussicht, einen Ehemann zu finden, werde gewiß von Jahr zu Jahr geringer, vor allem mit den jungen Mädchen um sie herum; in jedem Frühling blühten sie auf wie Blumen, die nur darauf warteten, gepflückt zu werden. Die eine, die Orgel gespielt hatte, sei Mademoiselle Duvigné, Claire Duvigné, eine wirkliche Schönheit, Tochter des berühmten Rechtsanwaltes, der in New Orleans in der Rampart Street wohne. Ma'ame Antoine hatte das während der zehn Minuten herausgefunden, als sie und andere nach der Messe noch mit dem Priester getratscht hatten.

»Claire Duvigné«, murmelte Tonie; er tat nicht einmal so, als wolle er seine Fleischbrühe anrühren, sondern bohrte kleine Stücke aus dem halben Laib krustigen braunen Brots, das neben seinem Teller lag. »Claire Duvigné? Das ist ein hübscher Name. Findest du nicht auch, Mutter? Ich kenne niemand auf Chênière Caminada mit einem so hübschen Namen, und auf Grand Isle auch nicht. Und sie wohnt in der Rampart Street, sagst du?«

Es erschien ihm sehr wichtig, von seiner Mutter alles zu erfahren, was der Priester ihr erzählt hatte.

2

Am nächsten Morgen machte Tonie sich schon früh auf die Suche nach dem lahmen Philibert, gab es auf der Insel doch keinen geschickteren Handwerker als ihn, wenn man ihn nüchtern erwischte.

Tonie hatte versucht, an seinem großen Fischerboot zu arbeiten, das kieloben in der Remise lag, doch das hatte sich als unmöglich erwiesen. Sein Kopf, seine Hände, sein Werkzeug hatten ihren Dienst verweigert, und in einem plötzlichen Anflug von Verzweiflung hatte er aufgegeben. Er fand Philibert und trug ihm auf, an seiner Stelle in der Remise weiterzuarbeiten. Dann stieg er in sein kleines Boot mit dem roten Lateinsegel und fuhr hinüber nach Grand Isle.

Es war niemand da, der Tonie darauf hätte aufmerksam machen können, daß er sich wie ein Narr benahm. Seltsamerweise hatte er noch nie diese Warnsignale der Liebe verspürt, die den größeren Teil der Menschheit plagen, bevor sie in das Alter kommt, das er erreicht hatte. Zunächst erkannte er diesen überwältigenden Trieb nicht, der sich ohne jede Vorwarnung seines ganzen Wesens bemächtigt hatte. Er gehorchte widerstandslos und ebenso selbstverständlich, wie er dem Diktat von Hunger und Durst gehorcht hätte.

Tonie ließ sein Boot am Landeplatz und begab sich direkt zu Madame Lebruns Pension; sie bestand aus einer Gruppe einfacher, stabil gebauter kleiner Häuser in der Mitte der Insel, etwa eine halbe Meile vom Meer entfernt.

Es war ein klarer, schöner Tag; vom Wasser her blies ein weicher, samtener Wind. Aus einer Gruppe Orangenbäume stieg ein Schwarm Tauben auf, und Tonie blieb stehen, um dem Schlagen ihrer Flügel zu lauschen und ihren Flug zu den Mooreichen zu beobachten, wohin auch er seine Schritte lenkte.

Schleppend, unsicher bewegte er sich durch die gelbe, duftende Kamille, und seine Gedanken eilten ihm voraus. Sein Geist war von dem lebendigen Bild des Mädchens erfüllt, wie es sich ihm am Tag zuvor eingeprägt hatte; auf irgendeine mystische Weise war es mit der himmlischen Musik verwoben, die ihn durchschauert hatte und die auch jetzt noch in seiner Seele nachklang.

Aber heute sah sie anders aus. Sie kam gerade vom Strand zurück, als Tonie sie erblickte, und sie lehnte sich auf den Arm eines der jungen Männer, die sie gestern begleitet hatten. Sie war anders gekleidet – in ein hübsches blaues Baumwollkleid. Ihr Begleiter hielt einen großen weißen Sonnenschirm über sie beide. Sie hatten ihre Hüte vertauscht und lachten ausgelassen.

Zwei junge Männer folgten ihnen und bemühten sich, die Aufmerksamkeit des Mädchens zu erringen. Sie sah Tonie an, der an einem Baum lehnte, als die Gruppe vorüberging, aber natürlich erkannte sie ihn nicht. Sie sprach Englisch, eine Sprache, die er kaum verstand.

Unter den Mooreichen waren noch mehr junge Leute versammelt – Mädchen, von denen manche schöner waren als Mlle. Duvigné, doch Tonie nahm sie nicht einmal wahr. Sein ganzes Universum hatte sich plötzlich verwandelt und bildete nur noch den bezaubernden Hintergrund für dieses Wesen, Mlle. Duvigné, und für die Schemen der Männer, die sie umgaben.

Tonie ging zu Mme Lebrun und sagte ihr, er werde ihr am nächsten Tag Orangen von Chênière mitbringen. Sie war sehr erfreut und trug ihm noch weitere Besorgungen von den Läden dort auf, die sie auf Grand Isle nicht bekam. Sie fragte nicht nach dem Grund seines Kommens, da sie wußte, daß diese Sommertage Mußezeiten für die Fischer von Chênière waren. Ebensowenig schien es sie zu überraschen, als er ihr mitteilte, sein Boot liege am Landeplatz und stehe ihr jeden Tag zur Verfügung. Sie kannte seine vernünftige Art und nahm an, daß er das Boot vermieten wollte, wie auch andere es taten. Er fühlte instinktiv, daß das die einzige Möglichkeit für ihn war.

Und so kam es, daß Tonie in jenem Sommer so wenig Zeit auf Chênière Caminada verbrachte. Die alte Ma'ame Antoine murrte viel darüber. Sie selbst war zweimal in ihrem Leben auf Grand Isle und einmal auf Grand Terre gewesen, und jedesmal war sie heilfroh gewesen, wieder nach Chênière zurückzukehren. Und warum Tonie den ganzen Tag und sogar die Nacht außer Haus verbringen wollte, das konnte sie einfach nicht begreifen, zumal er den ganzen

Winter ohnehin nicht zu Hause sein konnte; und inzwischen wartete in seinem und seiner Mutter Heim eine Menge Arbeit auf ihn. Sie wußte nicht, daß Tonie auf Grand Isle viel mehr zu tun hatte als auf Chênière Caminada.

Er mußte zuschauen, wie Claire Duvigné auf der Veranda in dem großen Schaukelstuhl saß, den sie durch Stöße ihres schlanken, mit Sandaletten bekleideten Fußes in Bewegung hielt, und wie sie ihren Kopf hierhin und dorthin wendete, um mit den Männern zu sprechen, die immer um sie herum waren. Er mußte ihren graziösen Bewegungen beim Tennis und beim Krocket folgen, das sie häufig mit den Kindern unter den Bäumen spielte. An manchen Tagen wollte er sehen, wie sie ihre weißen Arme ausbreitete und hinaus in die schaumgekrönten Wellen schritt. Selbst hier war sie von Männern umgeben. Und wenn er abends wie ein stiller Schatten allein unter den Sternen stand, mußte er dann nicht ihrer Stimme lauschen, wie sie sprach und lachte und sang? Mußte er nicht ihrer schlanken Gestalt folgen, die beim Tanz von Männern herumgewirbelt wurde, die sie ebenso lieben und begehren mußten wie er? Er dachte nicht im Traum daran, daß sie besser dagegen gefeit sein könnten als er. Doch die Tage, an denen sie in sein Boot mit dem roten Lateinsegel einstieg und ihm mehrere Stunden gegenübersaß, waren die Tage, die er gegen nichts auf der Welt hätte eintauschen mögen.

3

Auch dann waren immer andere bei ihr, die stets zu Lachen und Scherzen aufgelegt waren. Nur einmal war sie allein.

Sie hatte törichterweise ein Buch mitgenommen, weil sie dachte, sie könne vielleicht Lust zum Lesen bekommen. Aber der Seewind war so scharf, daß sie keine Zeile lesen konnte. Sie sah genauso aus wie an dem Tag, an dem er sie zum ersten Mal erblickt hatte, als sie vor der Kirche von Chênière Caminada stand.

Sie legte ihr Buch in den Schoß und ließ ihren Blick träumerisch zu der Linie am Horizont schweifen, wo Himmel und Wasser ineinander übergingen. Dann sah sie Tonie gerade an und sprach zum ersten Mal direkt mit ihm.

Sie nannte ihn Tonie, wie sie es von anderen gehört hatte, und fragte ihn nach seinem Boot und seiner Arbeit. Er zitterte und antwortete unbestimmt und einfältig. Sie achtete nicht darauf, sondern sprach einfach weiter mit ihm, da sie zufrieden war, selbst zu plaudern, als sie merkte, daß er es nicht konnte oder wollte. Sie sprach über Chênière Caminada, seine Bewohner und seine Kirche. Sie sprach von dem Tag, als sie dort Orgel gespielt hatte, und beklagte sich darüber, daß das Instrument jämmerlich verstimmt war.

Tonie war mit der gewohnten Aufgabe, sein Boot vor dem Wind zu steuern, der das straff gespannte rote Segel blähte, vollkommen vertraut. Er wirkte nicht plump und unbeholfen wie in der Kirche. Das Mädchen fand, er erscheine stark wie ein Bär.

Als sie ihn ansah und einen seiner ausweichenden Blicke überraschte, begann eine Ahnung der Wahrheit in ihr aufzudämmern. Ihr fiel ein, daß er täglich ihren Weg kreuzte und sie immer mit seinen ernsten verzehrenden Blicken suchte. Sie rief sich zurück – aber es war nicht nötig, sich irgend etwas zurückzurufen. Manche Frauen besitzen ein sehr feines Gespür für die Leidenschaft, und das sind gerade die Frauen, die sie am stärksten auslösen.

Mit dieser Überzeugung durchströmte sie ein Gefühl des Wohlbehagens, vermischt mit Weichheit und Zuneigung. Sie hätte sich gern zu ihm hinübergebeugt und seine große braune Hand gestreichelt und ihm gesagt, daß es ihr leid tat und daß sie ihm geholfen hätte, wenn es ihr möglich gewesen wäre. Durch dieses Gefühl hörte er auf, ihr völlig gleichgültig zu sein. Kurz zuvor hatte sie gedacht, er solle wenden und sie nach Hause bringen. Doch nun schien es ihr von prickelndem Reiz, noch eine weitere Stunde vor einem Mann zu posieren, der zwar nur ein ungebildeter Fischer war, für den sie jedoch ein Objekt stummer und brennender Hingabe darstellte.

Es war ihr unmöglich, das volle Ausmaß seiner Verliebtheit zu erahnen. Sie ließ es sich nicht träumen, daß unter dem derben, ruhigen Äußeren das Herz eines Mannes ungestüm pochte, und daß seine Vernunft im Begriff war, sich dem wilden Instinkt seines Blutes zu unterwerfen.

»Ich höre das Angelus-Läuten auf Chênière, Tonie«, sagte sie. »Ich wußte nicht, daß es schon so spät ist; lassen Sie uns zur Insel zurückfahren.« Lange Zeit hatte Schweigen zwischen ihnen geherrscht, das nun von ihrer melodischen Stimme unterbrochen wurde.

Auch Tonie vernahm jetzt ganz schwach das Angelus-Läuten. Gleichzeitig erschien ihm wie eine Vision die Kirche, der Geruch von Weihrauch und der Klang der Orgel. Das Mädchen vor ihm verwandelte sich wieder in jenes himmlische Wesen, das Unsere Liebe Frau von Lourdes ihm einst als unsterbliche Vision geschenkt hatte.

Es dämmerte bereits, als sie am Pier anlegten, und in den Tümpeln im Ried hörte man schon die Frösche quaken. Zwei von Mlle. Duvignés üblichen Verehrern erwarteten ungeduldig ihre Rückkehr. Doch sie wählte Tonie, um sich beim Aussteigen aus dem Boot helfen zu lassen. Die Berührung ihrer Hand entflammte sein Blut erneut.

Ganz leise und mit einem halben Lachen sagte sie zu ihm: »Ich habe heute abend kein Geld bei mir, Tonie; nehmen Sie statt dessen das«, und sie gab ihm eine feine Silberkette, die sie um ihr bloßes Handgelenk getragen hatte. Allein der Hang zur Koketterie hatte ihr diese Handlung eingegeben und die Neigung zur Sentimentalität, die die meisten Frauen haben. In einem Roman hatte sie einmal von einem jungen Mädchen gelesen, das so etwas Ähnliches getan hatte.

Als sie zwischen ihren beiden Verehrern davonging, stellte sie sich Tonie vor, wie er die Kette an seine Lippen drückte. Doch er stand ganz still da und hielt sie fest umschlossen, um die Wärme ihres Körpers, die das Kettchen noch ausgestrahlt hatte, als sie es in seine Hand legte, so lange wie möglich zu bewahren.

Er sah ihr nach, wie sie gleich einem Fleck vor dem verblassenden Himmel verschwand. Ein schreckliches, ein überwältigendes Bedauern bemächtigte sich seiner, weil er sie nicht in seine Arme gezogen hatte, als sie allein da draußen gewesen waren, und mit ihr ins Meer gesprungen war. Eben das hatte er unbestimmt vorgehabt, als das Angelus-Läuten seinen Entschluß wankend gemacht und gelähmt hatte. Nun ging sie fort von ihm; mit diesen Gestalten an ihrer Seite löste sie sich in den Nebelschleiern auf und ließ ihn allein. Er faßte den Entschluß, daß sie, sollte sie ihm jemals wieder auf dem Meer auf Gnade oder Ungnade ausgeliefert sein, in seinen Armen sterben müßte. Er würde weit, weit hinaus segeln, wo der Ton keiner Glocke ihn mehr erreichen konnte. Dieser Gedanke tröstete ihn ein wenig.

Aber es ergab sich nicht mehr, daß Mlle. Duvigné mit Tonie allein hinausfuhr.

4

Es war ein Morgen im Januar. Tonie hatte bei einem Fischhändler auf dem Französischen Markt in New Orleans eine Rechnung kassiert und schlug nun den Weg zur St. Philip Street ein. Es war ein eisiger Tag; ein scharfer Wind blies. Tonie knöpfte mechanisch seinen derben warmen Mantel zu und ging hinüber in die Sonne. Vielleicht gab es in der ganzen Gegend kein so unglückliches Geschöpf wie ihn. Seit Monaten war die Frau, die er so hoffnungslos liebte, aus seinem Blickfeld verschwunden. Um so stärker beherrschte sie seine Gedanken und zehrte an seinen seelischen und körperlichen Kräften, bis sein trauriger Zustand niemandem mehr verborgen blieb, der ihn kannte. Bevor er sein Haus verlassen hatte, um zu den winterlichen Fischgründen aufzubrechen, hatte er seiner Mutter sein Herz ausgeschüttet und ihr von dem Kummer erzählt, der ihn umbrachte. Als er fortging, hoffte sie kaum, ihn noch einmal wiederzusehen. Sie fürchtete, er werde nicht zurückkehren, weil er in wilder Erregung von der Ruhe und dem Frieden gesprochen hatte, den nur der Tod ihm bringen konnte.

Als Tonie an jenem Morgen die St. Philip Street überquerte, wurde er von Madame Lebrun und ihrer Mutter angesprochen. Er hatte sie nicht bemerkt, und außerdem war ihr Anblick in Winterkleidung ihm ungewohnt. Er hatte sie immer nur im Sommer auf Grand Isle und Chênière gesehen. Sie freuten sich, ihn zu sehen, und schüttelten ihm herzlich die Hand. Wie üblich stand er ein wenig unbeholfen vor ihnen. In seinem Hals hämmerte der Puls und erstickte ihn beinahe, so schmerzlich waren die Erinnerungen, die ihr Anblick in ihm aufwühlte.

Diesen Winter verbrachten sie in der Stadt, erzählten sie ihm. Sie wollten so oft wie möglich die Oper besuchen, und die Insel war wirklich zu trostlos, wenn niemand mehr da war. Madame Lebrun hatte ihren Sohn zurückgelassen; er sah nach dem Rechten und kümmerte sich um die Reparaturen und so weiter.

»Geht es Ihnen beiden gut?« stotterte Tonie.

»Ausgezeichnet, mein lieber Tonie«, antwortete Madame Lebrun. Sie wunderte sich über seine verstörten Augen und seine hageren eingefallenen Wangen, war aber zu taktvoll, um das Gespräch darauf zu bringen.

»Und – die junge Dame, die immer im Boot mitfuhr – geht es ihr gut?« fragte er zögernd.

»Sie meinen Mlle. Favette? Sie hat geheiratet, kurz nachdem sie Grand Isle verlassen hat.«

»Nein, ich meine die andere, die Sie Claire nannten – Mamzelle Duvigné – geht es ihr gut?«

Mutter und Tochter riefen gleichzeitig aus: »Nicht möglich! Sie haben nichts davon gehört? Ach Tonie«, fuhr Madame fort, »Mlle. Duvigné ist vor drei Wochen gestorben! Das war so traurig, sage ich Ihnen ... Ihrer Familie brach das Herz ... Einfach an einer Erkältung, weil sie nach der Oper in ihren dünnen Schuhen auf ihren Wagen gewartet hat ... Welch' eine Warnung!«

Beide sprachen gleichzeitig. Tonie blickte immerzu von einer zur anderen. Er begriff nicht, was sie noch sagten, nachdem Madame ihm berichtet hatte: *»Elle est morte.«*

Wie im Traum nahm er schließlich wahr, daß sie sich von ihm verabschiedeten und seiner Mutter liebe Grüße ausrichten ließen.

Nachdem sie ihn verlassen hatten, stand er noch mitten auf dem Bürgersteig und sah ihnen nach, wie sie zum Markt gingen. Er konnte sich nicht bewegen. Er fragte sich, ob diese Mitteilung ihn töten würde.

Einige Frauen gingen an ihm vorüber und lachten gemein. Eine Spottdrossel sang in einem Käfig, der in einem Fenster über seinem Kopf hing. Er hatte sie vorher nicht gehört.

Genau unter dem Fenster war der Eingang zu einem Lokal. Tonie wandte sich ab und stürzte durch die Schwingtüren. Er bestellte beim Wirt einen Whisky. Der Mann glaubte, er sei betrunken, schob ihm die Flasche aber trotzdem herüber. Tonie goß sich ein großes Glas von dem feurigen Schnaps ein und schüttete es in einem Zug hinunter. Den Rest des Tages verbrachte er bei den Fischern und Austernsammlern von Barataria Bay, und in der Nacht schlief er fest und friedlich bis zum Morgen.

Er wußte nicht, warum das so war; er konnte es nicht begreifen. Aber von diesem Tag an spürte er, daß er wieder zu leben begann, daß er wieder ein Teil der fließenden Welt um ihn herum wurde. Er fragte sich immer wieder, warum das so war und stand verwirrt vor dieser Wahrheit, für die er keine Antwort oder Erklärung wußte und die er als ein heiliges Geheimnis hinzunehmen begann.

Eines Tages, zu Frühlingsbeginn, saß Tonie mit seiner Mutter auf einem Stück Treibholz am Meer.

Er war an diesem Tag nach Chênière Caminada zurückgekehrt. Zunächst dachte sie, daß er wieder wie früher war, denn all seine alte Kraft und sein Mut waren zurückgekehrt. Doch dann bemerkte sie in seinem Gesicht einen neuen Glanz, der früher nicht dagewesen war. Sie mußte an den Heiligen Geist denken, der herabstieg und einem Menschen eine Art Erleuchtung brachte.

Sie wußte, daß Mademoiselle Duvigné tot war, und sie hatte die ganze Zeit gefürchtet, es werde Tonies Tod sein, wenn er es erfahre. Als sie sah, daß er wie ein neuer Mensch zu ihr zurückkehrte, hatte sie Angst, er habe noch nichts davon gehört. Den ganzen Tag hatte diese Sorge sie gequält, und nun konnte sie die Ungewißheit nicht länger ertragen.

»Weißt du, Tonie – die junge Dame, die du so gern hattest – jemand hat es mir aus der Zeitung vorgelesen – sie ist im Winter gestorben.« Sie hatte so behutsam wie möglich gesprochen.

»Ja ich weiß, daß sie tot ist. Ich bin froh darüber.« Zum ersten Mal sprach er das aus, und es ließ sein Herz schneller schlagen.

Ma'ame Antoine zuckte zusammen und rückte von ihm ab. Für sie war es wie ein Mord, wenn man so etwas sagte.

»Was meinst du damit? Warum bist du froh?« fragte sie empört.

Tonie saß da und hatte die Ellenbogen auf die Knie gestützt. Er wollte seiner Mutter antworten, aber dafür brauchte er Zeit; er mußte nachdenken. Er blickte auf das Wasser hinaus, das in der Sonne wie Edelstein glitzerte, aber da war nichts, das seine Gedanken hätte freilegen können. Er sah auf seine offene Hand und begann, an der schwieligen Haut zu zupfen, die hart war wie ein Pferdehuf. Während er das tat, begannen seine Gedanken sich zu sammeln und Gestalt anzunehmen.

»Verstehst du, als sie noch lebte, konnte ich mir niemals irgendwelche Hoffnungen machen«, begann er und ging langsam seinen Gefühlen nach. »Für mich gab es nur Verzweiflung. Immer waren Männer um sie herum. Sie ging mit ihnen spazieren und sang und tanzte mit ihnen. Ich wußte es die ganze Zeit, auch wenn ich es nicht sah. Dabei sah ich sie oft genug. Ich wußte, daß ihr eines Tages einer von ihnen gefallen und sie mit ihm gehen würde – daß sie ihn heiraten würde. Dieser Gedanke hat mich wie ein böser Geist verfolgt.«

Tonie strich sich mit der Hand über die Stirn, als ob er alles wegwischen wollte, das von diesem Entsetzen noch übriggeblieben sein mochte.

»Nachts konnte ich deshalb nicht schlafen«, fuhr er fort. »Aber das war nicht so schlimm; die schlimmste Qual kam erst, wenn ich schlief, dann träumte ich nämlich, daß alles wahr sei.

Ach, ich sah sie mit einem von denen verheiratet – als seine Frau – wie sie jedes Jahr nach Grand Isle kommen und ihre kleinen Kinder mitbringen würde! Ich kann dir nicht sagen, was ich alles gesehen habe – es hat mich wahnsinnig gemacht! Aber jetzt« – Tonie faltete die Hände und lächelte, als er wieder hinaus auf das Wasser schaute –, »jetzt ist sie da, wo sie hingehört; da oben sind alle gleich; der Priester hat uns oft genug erzählt, daß es da keine Unterschiede mehr zwischen den Menschen gibt. Da begegnen sich unsere Seelen. Das ist es, warum ich so zufrieden bin. Wer weiß denn, was da oben möglich ist?«

Ma'ame Antoine konnte nicht antworten. Sie nahm nur die große rauhe Hand ihres Sohnes und drückte sie.

»Und jetzt, ma mère«, rief er heiter und stand auf, »jetzt werde ich den Ofen für dein Brot anheizen; so lange habe ich dir nicht mehr geholfen«, und er beugte sich zu ihr und drückte einen innigen Kuß auf ihre runzlige Wange.

Mit feuchten Augen sah sie ihm nach, wie er fort zu dem großen Ziegelofen ging, der mit aufgesperrtem Mund unter den Zitronenbäumen stand.

Eine ehrbare Frau

Es verstimmte Mrs. Baroda etwas, zu erfahren, daß ihr Mann seinen Freund Gouvernail erwarte, der ein bis zwei Wochen auf der Plantage verbringen sollte.

Sie hatten im Winter viele Einladungen gegeben; einen Gutteil der Zeit hatte man auch in New Orleans zu vielerlei Anlässen in angenehmer Unterhaltung verbracht. Sie freute sich auf eine Zeit ungestörter Ruhe und friedlichen Zusammenseins mit ihrem Mann, als er sie wissen ließ, daß Gouvernail käme, um ein bis zwei Wochen zu bleiben.

Sie hatte viel von ihm gehört, hatte ihn aber nie gesehen. Er war der Studienfreund ihres Mannes gewesen; war jetzt Journalist und keineswegs ein Gesellschaftslöwe oder eine »lokale Größe«, was vielleicht einen der Gründe darstellte, weswegen sie ihn nie kennengelernt hatte. Doch sie hatte sich unbewußt im Geiste ein Bild von ihm gemacht. Sie stellte ihn sich groß, schlank und zynisch vor; mit Brille und den Händen in den Hosentaschen; und sie mochte ihn nicht. Gouvernail war schlank, doch weder sehr groß noch sehr zynisch; und er trug auch keine Brille oder die Hände in den Hosentaschen. Und als er ankam, mochte sie ihn anfangs ganz gern.

Doch warum sie ihn mochte, konnte sie sich nicht zu ihrer Zufriedenheit erklären, als sie das zu tun versuchte. Sie konnte in ihm die brillanten und vielversprechenden Züge nicht entdecken, die er angeblich besitzen sollte, wie Gaston, ihr Mann, versichert hatte. Im Gegenteil, er saß eher stumm und passiv ihrem gesprächigen Bemühen gegenüber, ihn sich heimisch fühlen zu lassen, und ebenso Gastons offener und wortreicher Gastfreundschaft. Sein Benehmen ihr gegenüber war so höflich, wie es die anspruchsvollste Frau verlangen konnte; aber er warb nicht direkt um ihre Anerkennung oder selbst Hochachtung.

Einmal heimisch auf der Plantage, saß er, allem Anschein nach, gerne auf dem weiten Portico im Schatten einer der großen korinthischen Säulen, rauchte träge eine Zigarre und hörte Gastons Erfahrungen als Zuckerpflanzer zu.

»Das nenne ich Leben«, äußerte er mit tiefer Zufriedenheit, wenn die Luft, die über das Zuckerfeld strich, ihn mit ihrer warmen, duftenden und samtigen Berührung streichelte. Es gefiel ihm auch, sich mit den großen Hunden, die zu ihm kamen und sich vertraulich an seinen Beinen rieben, anzufreunden. Er machte sich nichts daraus, Fische zu fangen und zeigte auch keinen Eifer, auf die Jagd nach Kernbeißern zu gehen, als Gaston dies zu tun vorschlug.

Für Mrs. Baroda war Gouvernails Persönlichkeit ein Rätsel, aber sie mochte ihn. In der Tat, er war ein liebenswerter, gutartiger Kerl. Nach ein paar Tagen, als sie ihn nicht besser verstehen konnte als zu Anfang, gab sie ihre Verwirrung auf, und was blieb, war Verärgerung. Aus dieser Laune heraus ließ sie ihren Mann und ihren Gast die meiste Zeit zusammen allein. Als sie dann herausfand, daß Gouvernail ihr Benehmen nicht als außergewöhnlich empfand, drängte sie ihm ihre Gesellschaft auf, begleitete ihn auf seinen müßigen Spaziergängen zur Mühle und entlang der Sandbank. Sie suchte hartnäckig die Zurückhaltung zu durchbrechen, mit der er sich unbewußt umgeben hatte. »Wann fährt er ab – dein Freund?« fragte sie eines Tages ihren Mann. »Er ist schrecklich anstrengend für mich.«

»Erst in einer Woche, Liebes. Ich verstehe nicht; er macht dir keine Arbeit.«

»Nein. Ich hätte ihn lieber, wenn er das täte; wenn er mehr wie andere wäre und ich für sein Wohlergehen und seine Unterhaltung zu sorgen hätte.«

Gaston nahm das hübsche Gesicht seiner Frau in seine beiden Hände und sah zärtlich und belustigt in ihre sorgenvollen Augen. Sie waren gerade dabei, sich in trauter Zweisamkeit in Mrs. Barodas Ankleidezimmer umzuziehen.

»Du bist voller Überraschungen, *ma belle*«, sagte er zu ihr. »Nicht einmal ich kann genau sagen, wie du dich unter bestimmten Umständen verhältst.« Er küßte sie und wandte sich ab, um seine Krawatte vor dem Spiegel zu binden.

»So bist du«, fuhr er fort, »den armen Gouvernail ernst zu nehmen und Aufhebens um ihn zu machen, wäre das letzte, was er wollte oder erwartete.«

»Aufhebens!« reagierte sie gereizt. »Unsinn! Wie kannst du so etwas sagen? Aufhebens in der Tat! Aber weißt du, du hast gesagt, er sei intelligent.«

»Das ist er. Aber der arme Kerl ist vor Überarbeitung am Ende. Deshalb habe ich ihn hierher zum Ausruhen eingeladen.«

»Du sagtest immer, er wäre ein Mann mit Ideen«, gab sie unversöhnlich zurück. »Ich hätte erwartet, daß er wenigstens interessant ist. Ich gehe morgen in die Stadt, um meine Frühlingskleider ändern zu lassen. Laß es mich wissen, wenn Mr. Gouvernail weg ist; ich werde bei meiner Tante Octavie sein.«

In dieser Nacht setzte sie sich allein auf die Bank, die unter einer Mooreiche am Rande des Kieswegs stand.

Sie hatte ihre Gedanken oder Absichten, Überlegungen nie so verwirrt gekannt. Sie konnte ihnen nichts entnehmen, nur das Gefühl, daß es nötig sei, am nächsten Morgen ihr Haus zu verlassen.

Mrs. Baroda hörte Schritte auf dem Kies knirschen, konnte aber in der Dunkelheit nur den roten Punkt einer brennenden Zigarette erkennen. Sie wußte, es war Gouvernail, denn ihr Mann rauchte nicht. Sie hoffte, unbemerkt zu bleiben, doch ihr weißes Kleid verriet sie. Er warf seine Zigarette weg und setzte sich neben sie auf die Bank; ohne jede Bedenken, daß sie seiner Gegenwart abgeneigt sein könnte.

»Ihr Mann bat mich, Ihnen dies zu bringen, Mrs. Baroda«, sagte er und gab ihr einen duftigen weißen Schal, mit dem sie manchmal Kopf und Schultern einhüllte. Sie nahm ihn mit einem gemurmelten Dank entgegen.

Er machte eine banale Bemerkung über die schädliche Wirkung der Nachtluft zu dieser Jahreszeit. Dann, als er seinen Blick hinaus in die Dunkelheit schweifen ließ, murmelte er halb zu sich selbst:

»›*Night of south winds – night of the large few stars! Still nodding night –*‹«

Sie erwiderte nichts auf diese Anrufung der Nacht, die ja in der Tat auch nicht an sie gerichtet war.

Gouvernail war ein keineswegs schüchterner Mann, er war nicht unsicher. Seine Anwandlungen von Zurückhaltung waren nichts Grundsätzliches in seinem Wesen, sondern Ergebnis seiner Launen. Als er neben Mrs. Baroda saß, schmolz sein Schweigen für eine Zeit dahin.

Er redete offen und vertraulich mit leiser, zögernder, gedehnter Sprechweise, die nicht unangenehm anzuhören war. Er sprach von den alten Collegetagen, als er und Gaston viel füreinander bedeuteten; von den Tagen eifrigen und blinden Ehrgeizes und großen Plänen. Jetzt blieb ihm zumindest ein philosophisches Sichfügen in die existierende Ordnung, und, von Zeit zu Zeit, ein kleiner Hauch von echtem Leben, wie er ihn gerade jetzt einsog.

Ihr Verstand erfaßte nur undeutlich, was er sagte. Ihr körperliches Empfinden war für den Moment vorherrschend. Sie dachte nicht über seine Worte nach, trank nur den Klang seiner Stimme in sich hinein. Sie wollte in der Dunkelheit ihre Hand ausstrecken und mit ihren Fingerspitzen sein Gesicht oder seine Lippen zart berühren. Sie wollte sich eng an ihn schmiegen und an seine Wange flüstern – ihr war gleich, was – wie sie es getan hätte, wenn sie nicht eine ehrbare Frau gewesen wäre.

Je stärker der Impuls ihm näherzurücken wurde, desto weiter entfernte sie sich tatsächlich von ihm. Sie erhob sich, sobald sie das konnte, ohne den Eindruck zu großer Unhöflichkeit zu erwecken, und ließ ihn allein.

Bevor sie das Haus erreichte, hatte sich Gouvernail eine neue Zigarette angesteckt und seine Hymne an die Nacht beendet.

Mrs. Baroda war jene Nacht sehr versucht, ihrem Mann – der ihr Freund war – davon zu erzählen, von dieser Verrücktheit, die sie ergriffen hatte. Doch sie gab der Versuchung nicht nach. Sie war eine ehrbare Frau und dazu eine sehr vernünftige; und sie wußte, daß ein Mensch einige Kämpfe im Leben mit sich selbst austragen muß.

Als Gaston am Morgen aufstand, war seine Frau schon abgefahren. Sie hatte den frühen Morgenzug in die Stadt genommen. Sie kehrte nicht zurück, bis Gouvernail ihr Haus verlassen hatte.

Es war im Gespräch, daß man ihn im nächsten Sommer wieder da haben werde. Das heißt, Gaston wünschte es sich sehr, doch dieser Wunsch konnte gegen den heftigen Widerspruch seiner Frau nichts ausrichten.

Noch bevor das Jahr zu Ende ging, schlug sie jedoch ganz von sich aus vor, Gouvernail wieder einzuladen. Ihr Mann war überrascht und erfreut, daß dieser Vorschlag von ihr ausging.

»Ich bin froh, *chère amie, zu* wissen, daß du endlich deine Abneigung gegen ihn überwunden hast; wirklich, er hat sie nicht verdient.«

»Ja«, sagte sie scherzhaft zu ihm, nachdem sie ihm einen langen zarten Kuß auf die Lippen gedrückt hatte, »alles habe ich überwunden! Du wirst schon sehen, diesmal werde ich sehr nett zu ihm sein.«

Geschichte einer Stunde

Alle wußten, daß Mrs. Mallard herzleidend war. Man bemühte sich deshalb, ihr die Nachricht vom Tod ihres Gatten so schonend wie möglich beizubringen.

Ihre Schwester Josephine sagte es ihr schließlich mit Halbsätzen, verschleierten, gerade dadurch offenen Anspielungen. Ein Freund ihres Mannes, Richards, war auch gekommen und setzte sich zu ihr. Er war in der Redaktion der Zeitung gewesen, als die Nachricht von der Eisenbahnkatastrophe eintraf, und Brently Mallards Name stand an der Spitze der Liste der Opfer. Er hatte nur noch ein zweites bestätigendes Telegramm abgewartet und war dann zu Mrs. Mallard geeilt, um zu verhindern, daß ein unvorsichtiger, weniger einfühlsamer Freund die traurige Nachricht überbrächte.

Sie nahm die Geschichte nicht auf wie so viele Frauen, die gelähmt außerstande sind, ihre volle Bedeutung zu begreifen. Sie weinte sofort, in den Armen ihrer Schwester, mit plötzlicher wilder Hingabe. Als der erste Sturm von Schmerz verebbt war, ging sie allein auf ihr Zimmer. Sie wollte niemanden mitkommen lassen.

Vor dem offenen Fenster stand ein bequemer großer Lehnstuhl, in den sie sank, niedergezwungen von einer Erschöpfung, die ihren Körper ergriff und bis in ihre Seele zu dringen schien.

Draußen konnte sie die Baumwipfel vor ihrem Haus sehen, die vor neuem Frühlingsleben erzitterten. Der zarte Geruch von Regen lag in der Luft. Unten auf der Straße rief ein Händler seine Waren aus. Die Fetzen eines Liedes erreichten sie schwach von fern, und unzählige Spatzen zwitscherten auf den Dachrinnen.

Hier und da zeigten sich jetzt Flecken von blauem Himmel zwischen den Wolken, die sich im Westen, wohin sie aus ihrem Fenster schaute, gesammelt und aufeinandergetürmt hatten.

Den Kopf in die Kissen zurückgeworfen, lehnte sie reglos, wenn nicht ab und zu ein Schluchzen sie schüttelte; wie ein Kind, das sich in den Schlaf geweint hat, im Traum weiterschluchzt.

Sie war jung, hatte ein klares ruhiges Gesicht, dessen Linien Gefühlsbeherrschung andeuteten, ja, eine gewisse Stärke. Doch jetzt war ein dumpfes Starren in ihren Augen, die auf einen weit entfernten Punkt, einen der Flecken von Blau geheftet waren. Es war kein nachdenklicher Blick, sondern einer, der eher das Fehlen von bewußtem Nachdenken verriet.

Etwas kam auf sie zu, und sie wartete ihm entgegen, voll Angst. Was war es? Sie wußte es nicht; es war zu flüchtig und unbestimmt. Doch sie fühlte es, wie es vom Himmel kriechend sich näherte, sie durch Geräusche, Düfte, die Farben, die die Luft erfüllten, hindurch erreichte.

Ihre Brust hob und senkte sich aufgeregt. Sie fing an zu erkennen, was von ihr Besitz zu ergreifen herannahte. Mit Willenskraft suchte sie es zurückzuschlagen – doch ihr Wille erwies sich als ebenso schwach, wie es ihre weißen schlanken Hände gewesen wären.

Als sie sich ergab, entschlüpfte ihren halbgeöffneten Lippen ein Wispern. Immer wieder formten sie die Worte: »Frei, frei, frei!« Das leere Starren und der darauffolgende erschrockene Blick gingen aus ihren Augen. Sie wurden hell und klar. Ihr Puls schlug schnell, und das zirkulierende Blut wärmte und entspannte jede Faser ihres Körpers.

Sie hielt sich nicht mit der Frage auf, ob das, was sie empfand, übergroße Freude sei oder etwas anderes. Ihre klar gesteigerte Wahrnehmung erlaubte ihr, dies jetzt als unwichtig abzutun.

Sie wußte, sie würde wieder weinen, wenn sie die lieben zärtlichen Hände im Tode gefaltet sähe; das Gesicht, das sie nie anders als liebevoll angesehen hatte, starr und grau und tot. Doch jenseits dieses bitteren Augenblicks sah sie eine lange Reihe von Jahren, die uneingeschränkt ihr gehören würden. Und sie breitete die Arme aus, sie zu begrüßen.

In den kommenden Jahren würde sie niemanden ihr Leben für sie leben lassen; sie würde für sich selbst leben. Kein machtvoller Wille würde den ihren beugen, mit jener blinden Hartnäckigkeit, mit der Männer und Frauen glauben, sie hätten das Recht, ihren persönlichen Willen einem Mitmenschen aufzuzwingen. Gute und böse Absicht schien solches Verhalten gleichermaßen zum Verbrechen zu machen – so schien es ihr in diesem kurzen Augenblick von Einsicht.

Und doch hatte sie ihn geliebt – manchmal. Oft eher nicht. Was machte das aus! Was könnte Liebe, jenes ungelöste Geheimnis, noch bedeuten angesichts dieses Selbstbewußtseins, das sie plötzlich als den stärksten Antrieb ihres Seins erkannte.

»Frei! Körper und Seele – frei!«, flüsterte sie immer wieder.

Josephine kniete vor der verschlossenen Tür, ihre Lippen am Schlüsselloch, um Einlaß bittend. »Luise, öffne die Tür! Ich bitte dich, mach' die Tür auf – du machst dich nur krank. Was tust du denn, Luise? Um Gottes willen, mach' auf.«

»Laß mich. Ich werde nicht krank.« Nein, sie sog ein wahres Lebenselixier durch das offene Fenster ein.

Ihre Phantasie überschlug sich vor Schwelgen in der Zeit, die sie vor sich hatte. Frühlingstage und Sommertage und alle Arten von Tagen, die ihr allein gehören würden. Schnell betete sie um ein langes Leben. Noch gestern hatte sie der Gedanke an ein langes Leben schaudern lassen.

Nach einer ganzen Weile stand sie auf und öffnete ihrer drängenden Schwester die Tür. Ein fiebriger Triumph lag in ihren Augen, und unbewußt trat sie auf mit der Haltung einer Siegesgöttin. Sie legte ihren Arm um die Hüfte ihrer Schwester, und gemeinsam gingen sie die Treppe hinunter. Richards stand unten und erwartete sie.

Jemand öffnete mit einem Schlüssel die Haustür. Brently Mallard trat ein, etwas mitgenommen von der Reise, wie gewohnt mit Tasche und Schirm. Vom Unfallort war er weit entfernt gewesen; er hatte auch nicht erfahren, was vorgefallen war. Überrascht hörte er Josephines grellen Schrei, sah er, wie Richards ihn mit einer schnellen Bewegung vor seiner Frau zu verstecken suchte.

Doch Richards hatte zu spät reagiert.

Die Ärzte kamen und sagten, sie sei an Herzversagen gestorben – vor Glück, das tötet.

Bedauern

Mamzelle Aurélie hatte eine gute kräftige Figur, rote Wangen, braunes Haar, das sich grau zu färben begann, und einen energischen Blick. Auf der Farm trug sie einen Männerhut, an kalten Tagen einen alten blauen Militärüberzieher und manchmal hohe Stiefel.

Mamzelle Aurélie hatte nie ans Heiraten gedacht. Sie war nie verliebt gewesen. Mit zwanzig hatte sie einen Antrag erhalten, den sie unverzüglich ablehnte, und sie war fünfzig Jahre alt geworden, ohne das auch nur einmal zu bedauern.

So lebte sie ziemlich allein in ihrer Welt, sah man von ihrem Hund Ponto und den Negern ab, die in ihren Hütten lebten und ihre Felder bebauten, und von dem Federvieh, einigen Kühen, ein paar Maultieren, ihrer Flinte (mit der sie Hühner-Bussarde schoß) und ihrer Religion.

Eines Morgens stand Mamzelle Aurélie auf der Veranda, die Hände in die Hüften gestemmt, und betrachtete eine kleine Schar sehr kleiner Kinder, die genausogut vom Himmel hätte fallen können, so unerwartet und verwirrend war ihr Erscheinen, und so unerwünscht. Es waren die Kinder ihrer nächsten Nachbarin, Odile, die eine so enge Nachbarin nun auch nicht war.

Die junge Frau war gerade fünf Minuten zuvor mit diesen vier Kindern aufgetaucht. Auf dem Arm trug sie die kleine Elodie; sie zerrte den unwilligen Ti Nomme an der Hand mit, während Marcéline und Marcélette ihr zögernd folgten.

Ihr Gesicht war rot und verschwollen vor Tränen und Aufregung. Sie war in eine Nachbargemeinde gerufen worden, weil ihre Mutter gefährlich erkrankt war; ihr Mann war fort, in Texas – ihr erschien es wie eine Million Meilen; und Valsin wartete mit dem Maultierkarren, um sie zum Bahnhof zu bringen.

»'S geht einfach nich' anders, Mamzelle Aurélie, Sie müssen diese Kinder einfach nehmen, bis ich wiederkomm'. *Dieu sait*, ich würd' Se nick' mit ihn'n beläst'gen, wenn's irgendwie anners ging! Tun Se, als wenn's Ihre wär'n, lassen Se ihn'n nix durchgeh'n. Ich bin schon halb durchgedreht, immer die Kinder drum herum un' Léon nich' daheim, un' vielleich' seh' ich meine arme Maman nich' mehr *vivante*!« – eine schreckliche Aussicht, die Odile dazu brachte, sich mit einem letzten überstürzten und herzzerreißenden Lebewohl von ihrer trostlosen Familie zu verabschieden.

Aneinandergedrängt blieben sie in der schmalen schattigen Ecke auf der Veranda des langgestreckten niedrigen Hauses zurück; das weiße Sonnenlicht hämmerte auf die alten weißen Dielen; ein paar Hühner scharrten im Gras unten an den Stufen, und eines war kühn heraufgeklettert und stolzierte schwer, feierlich, ziellos über die Veranda. Der angenehme Duft von Nelken lag in der Luft, und das Lachen der Neger klang über das blühende Baumwollfeld.

Mamzelle Aurélie stand da und betrachtete die Kinder. Sie warf einen prüfenden Blick auf Marcéline, die mit der pausbäckigen Elodie auf dem Arm zurückgeblieben war und unter diesem Gewicht schwankte. Mit demselben kritischen Blick musterte sie Marcélette, deren stummes Weinen sich mit dem vernehmlichen Kummer und Aufbegehren von Ti Nomme mischte. Während dieser wenigen nachdenklichen Augenblicke sammelte sie sich und legte eine Richtschnur des Handelns fest, die von Pflichterfüllung gekennzeichnet sein würde. Als ersten Schritt fütterte sie sie.

Hätten Mamzelle Aurélies Aufgaben sich darauf beschränkt, so wären sie nicht weiter erwähnenswert gewesen, denn ihre Speisekammer war für derartige Notfälle vollkommen gerüstet. Aber kleine Kinder sind keine kleinen Schweine; sie fordern eine Art der Aufmerksamkeit, die für Mamzelle Aurélie völlig unerwartet kam und auf die sie kaum vorbereitet war.

In den ersten Tagen stellte sie sich mit Odiles Kindern wirklich sehr ungeschickt an. Woher hätte sie auch wissen sollen, daß Marcélette immer in Tränen ausbrach, wenn man mit lauter, gebieterischer Stimme zu ihr sprach? Das war eine Eigenheit von Marcélette. Ti Nommes Leidenschaft für Blumen wurde ihr erst bewußt, als er die prächtigsten Gardenien und Nelken zu dem offenkundigen Zweck abgerupft hatte, ihren botanischen Aufbau zu studieren.

»Reicht nich', wennste's ihm sagst, Mamzelle Aurélie«, belehrte Marcélette sie, »du mußt'n auf'm Stuhl festbind'n. Das macht Mama imma, wenner bös' is': se bindet ihn auf'm Stuhl fest.« Der Stuhl, auf dem Mamzelle Aurélie Ti Nomme festband, war geräumig und bequem, und er nutzte die Gelegenheit für ein Schläfchen, da es ein warmer Nachmittag war.

Als sie sie abends alle miteinander ins Bett schickte, wie sie die Hühner ins Hühnerhaus gescheucht hätte, blieben sie verständnislos vor ihr stehen. Was war mit den kleinen weißen Nachthemden, die aus dem Kopfkissenbezug genommen werden mußten, in dem sie mitgebracht worden waren, und die von einer starken Hand geschüttelt werden mußten, bis sie knallten wie Ochsenpeitschen? Was war mit dem Zuber Wasser, der mitten auf den Boden gestellt werden mußte, und in dem die kleinen müden, staubigen, sonnengebräunten Füße einer nach dem anderen hübsch sauber gewaschen werden mußten? Und Marcéline und Marcélette mußten bei der Vorstellung fröhlich lachen, Mamzelle Aurélie habe auch nur einen Moment glauben können, Ti Nomme würde einschlafen, ohne daß er die Geschichte von *Croque-*

mitaine oder *Loup-garou* oder alle beide erzählt bekam; oder daß Elodie überhaupt einschlief, wenn sie nicht geschaukelt wurde oder etwas vorgesungen bekam.

»Ich sag' dir, Tante Ruby«, vertraute Mamzelle Aurélie ihrer Köchin an, »ich würde mich lieber um ein Dutzend Plantagen kümmern als um vier Kinder. *C'est* niederschmetternd! *Bonté!* Komm' mir nich' mit Kindern!«

»Denkt doch niemand, dasse allns drüber wiss'n könn'n, Mamzelle Aurélie. Ich seh's ganz klar, wo ich gest'n 's kleine Kin' seh'; wo mit Ihr'n Schlüssel spielt. Wissen Se nich', daß Kinners dickköpfig wer'n, wenn se mit Schlüss'ln spiel'n? Da wer'n ihre Zähne so, daß mer se midde Lupe such'n kann. Das sin' so Sach'n, wo mer einfach wiss'n muß, wemmer Kinners großzieht un' sich um se kümmert.«

Mamzelle Aurélie gab sicher nicht vor, derart genaue und weitreichende Kenntnisse zum Thema zu besitzen oder anzustreben, wie Tante Ruby sie hatte, die seinerzeit »fünfe großgezong un' sechse begram« hatte. Sie war froh, wenn sie nur ein paar kleine mütterliche Kniffe lernte, die den Erfordernissen des Augenblicks genügten.

Ti Nommes klebrige Finger veranlaßten sie, weiße Schürzen hervorzukramen, die sie seit Jahren nicht mehr getragen hatte, und sie mußte sich an seine nassen Küsse gewöhnen – Ausdruck einer zärtlichen und überschwenglichen Natur. Sie holte ihren selten gebrauchten Nähkorb aus dem obersten Fach des Schrankes und stellte ihn so hin, daß sie ihn jederzeit erreichen konnte, wenn die zerrissenen Höschen und knopflosen Leibchen es nötig machten. Sie brauchte ein paar Tage, um sich an das Lachen, das Weinen, das Schwatzen zu gewöhnen, das den ganzen Tag im Haus und in seiner Umgebung erschallte. Und die ersten Nächte fiel es ihr schwer, bequem zu schlafen, während der warme, runde Körper der kleinen Elodie sich dicht an sie drängte und der warme Atem der Kleinen wie der Flügel eines Vogels gegen ihre Wange schlug.

Aber nach zwei Wochen hatte Mamzelle Aurélie sich recht gut an all das gewöhnt und beklagte sich nicht mehr.

Zwei Wochen waren auch vergangen, als Mamzelle Aurélie eines Abends zum Stall hinübersah, wo das Vieh gefüttert wurde, und dabei Valsins blaue Karre sah, die eben um die Ecke bog. Odile saß aufrecht und munter neben dem Mulatten. Als sie näher kamen, zeigte das strahlende Gesicht der jungen Frau, daß es eine glückliche Heimkehr war.

Doch diese unangekündigte und unerwartete Ankunft stürzte Mamzelle Aurélie in Unruhe, ja fast Aufregung. Die Kinder mußten zusammengeholt werden. Wo war Ti Nomme? Drüben im Schuppen, wo er gerade sein Messer am Schleifstein wetzte. Und Marcéline und Marcélette? In einer Ecke der Veranda schnitten sie Puppenkleider aus und hefteten sie zusammen. Und Elodie war auf Mamzelle Aurélies Arm gut aufgehoben; sie hatte vor Vergnügen gekreischt, als sie den vertrauten blauen Karren erblickte, der ihr ihre Mutter zurückbrachte.

Die Aufregung war vorbei, und alle waren fort. Wie still es war, als sie fort waren! Mamzelle Aurélie stand auf der Veranda, sie schaute und lauschte. Sie konnte den Karren nicht mehr sehen; der rote Sonnenuntergang und die blaugraue Dämmerung hatten gemeinsam einen purpurnen Schleier über die Felder und den Weg geworfen, der sie vor ihren Blicken verbarg. Sie konnte das Quietschen und Krachen der Räder nicht mehr hören. Aber ganz schwach konnte sie die schrillen fröhlichen Stimmen der Kinder noch vernehmen.

Sie kehrte ins Haus zurück. Viel Arbeit wartete dort auf sie, denn die Kinder hatten eine heillose Unordnung zurückgelassen; doch sie ging nicht sofort daran, sie zu beseitigen. Mamzelle Aurélie setzte sich an den Tisch. Langsam sah sie sich im Zimmer um, in das die Abendschatten gekrochen kamen und sich um ihre einsame Gestalt zusammenzogen. Sie ließ den Kopf auf ihren gebeugten Arm sinken und begann zu weinen. Und wie sie weinte! Nicht leise, wie Frauen es oft tun. Sie weinte wie ein Mann und schluchzte, als wolle ihr Herz zerspringen. Sie merkte nicht, daß Ponto ihre Hand leckte.

Der Kuß

Draußen war es noch hell, aber drinnen, wo die Vorhänge zugezogen waren und das glimmende Feuer einen schwachen ungewissen Schein ausstrahlte, war das Zimmer mit dunklen Schatten erfüllt.

Brantain saß in einem dieser Schatten; er hatte ihn umschlossen, und das störte ihn nicht. Das Dunkel gab ihm den Mut, seine Augen so eindringlich wie er wollte auf das Mädchen zu richten, das im Schein des Feuers saß.

Sie war sehr hübsch, mit den feinen, warmen Farben, die dem gesunden brünetten Typus eigen sind. Sie saß ganz ruhig da, während sie müßig das seidige Fell der Katze streichelte, die zusammengerollt auf ihrem Schoß lag, und warf gelegentlich einen trägen Blick zu dem Schatten, wo ihr Gefährte saß. Sie sprachen leise über belanglose Dinge; offensichtlich nicht das, was sie in Wirklichkeit beschäftigte. Sie wußte, daß er sie liebte – er war ein unbekümmerter und lauter junger Mann, zu arglos, um seine Gefühle zu verbergen, und auch ohne den Wunsch, es zu tun. Seit zwei Wochen suchte er eifrig und ausdauernd ihre Gesellschaft. Sie wartete zuversichtlich auf seinen Antrag, den sie anzunehmen beabsichtigte. Der eher unbedeutende und nicht sehr anziehende Brantain war ungeheuer reich, und sie liebte und brauchte den Lebensstil, den der Reichtum ihr ermöglichte.

Während einer Pause in ihrer Plauderei über die letzte Teegesellschaft und den nächsten Empfang öffnete sich die

Tür, und ein junger Mann trat ein, den Brantain gut kannte. Das Mädchen wendete ihm ihr Gesicht zu. Ein paar lange Schritte brachten ihn an ihre Seite; er beugte sich über ihren Sessel, und bevor sie seine Absicht erkannte – denn sie hatte nicht gemerkt, daß er ihren Besucher nicht gesehen hatte –, drückte er einen langen, leidenschaftlichen Kuß auf ihre Lippen.

Brantain erhob sich langsam, auch das Mädchen stand schnell auf; der Neuankömmling stand zwischen ihnen; in seinem Gesicht kämpften eine leichte Belustigung und ein wenig Trotz mit der Verlegenheit.

»Ich glaube«, stotterte Brantain, »ich sehe, daß ich mich zu lange aufgehalten habe. Ich – ich ahnte nicht – also, ich verabschiede mich.« Er packte seinen Hut mit beiden Händen und merkte wohl nicht, daß sie ihm die Hand reichte, da ihre Geistesgegenwart sie noch nicht völlig verlassen hatte; doch traute sie ihrer Stimme nicht genug, um ein Wort zu sagen.

»Du kannst mich totschlagen, Nattie, ich hab' ihn nicht da sitzen sehen! Ich weiß, es ist verteufelt unangenehm für dich. Aber ich hoffe, du verzeihst mir dieses eine Mal – diesen allerersten Fauxpas. Warum, was ist los?«

»Rühr' mich nicht an, komm' mir nicht in die Nähe«, sie drehte sich ärgerlich um. »Wieso kommst du einfach ins Haus, ohne zu klingeln?«

»Ich habe deinen Bruder begleitet, wie schon oft«, antwortete er kühl, um sich zu rechtfertigen. »Wir haben das Haus durch den Seiteneingang betreten. Er ist nach oben gegangen, und ich kam hier herein, weil ich hoffte, dich in diesem Zimmer zu finden. Das ist die einfache Erklärung, die dich davon überzeugen müßte, daß das Mißgeschick unvermeidlich war. Aber sag' doch, daß du mir verzeihst, Nathalie«, bat er mit weicher Stimme.

»Dir verzeihen! Du weißt nicht, wovon du redest. Laß mich vorbei. Es hängt von einer Menge ab, ob ich dir jemals verzeihe.«

Beim nächsten Empfang – der, über den sie mit Brantain gesprochen hatte – näherte sie sich dem jungen Mann mit einer entzückend natürlichen Haltung, als sie ihn dort sah.

»Kann ich Sie einen Augenblick sprechen, Mr. Brantain?« fragte sie mit einnehmendem, doch verwirrtem Lächeln. Er wirkte sehr unglücklich, aber als sie seinen Arm nahm und auf der Suche nach einem verschwiegenen Winkel mit ihm davonging, da erhellte ein Hoffnungsstrahl sein Gesicht, das mit seinem unglücklichen Ausdruck schon fast komisch wirkte. Unbestreitbar war sie sehr freimütig gegen ihn.

»Vielleicht hätte ich mich nicht um diese Aussprache bemühen sollen, Mr. Brantain; aber – ach, es war mir gar nicht wohl; nach dem kleinen Zusammentreffen neulich am Nachmittag war ich beinahe unglücklich. Als ich dachte, wie falsch Sie es auffassen und etwas vermuten könnten« – ganz eindeutig begann die Hoffnung den Kummer in Brantains arglosem runden Gesicht zu verdrängen – »natürlich weiß ich, daß es für Sie völlig uninteressant ist, aber um meiner selbst willen möchte ich Ihnen deutlich machen, daß Mr. Harvey ein langjähriger enger Freund ist. Wir waren immer wie Cousins, wie Bruder und Schwester, könnte man sogar sagen. Er ist der beste Freund meines Bruders und bildet sich oft ein, daß ihm dieselben Vorrechte zustehen wie der Familie. Oh, ich weiß, es ist albern, daß ich Ihnen das einfach so erzähle, sogar ungehörig«, sie weinte beinahe, »aber mir ist es so wichtig, was Sie – von mir denken.« Ihre Stimme war nun sehr leise und aufgewühlt. Der Kummer war völlig aus Brantains Gesicht verschwunden.

»Dann liegt Ihnen wirklich etwas daran, was ich denke, Miss Nathalie? Darf ich Sie Miss Nathalie nennen?« Sie bogen in einen langen dämmerigen Korridor ein, dessen Seiten von großen, erlesenen Pflanzen bestanden waren. Sie schritten langsam bis zu seinem Ende. Als sie sich umdrehten, um denselben Weg zurückzugehen, war Brantains Gesicht strahlend, und ihres triumphierend.

Harvey war unter den Hochzeitsgästen; er ging zu ihr, als sie ausnahmsweise einmal allein war.

»Dein Mann hat mich hergeschickt«, sagte er lächelnd, »damit ich dir einen Kuß gebe.«

Rasch ergoß sich eine Röte über ihr Gesicht und ihren glatten, runden Hals. »Vermutlich ist es ganz natürlich, daß ein Mann bei einer solchen Gelegenheit großzügig denkt und handelt. Er sagte mir, er wolle nicht, daß seine Heirat die reizende Vertrautheit zwischen dir und mir völlig aufhebt. Ich weiß nicht, was du ihm erzählt hast« – mit einem frechen Lächeln – »jedenfalls hat er mich hergeschickt, damit ich dir einen Kuß gebe.«

Sie fühlte sich wie ein Schachspieler, der sieht, wie das Spiel durch den geschickten Einsatz der Figuren den von ihm beabsichtigten Verlauf nimmt. Mit strahlenden und zärtlichen Augen sah sie ihn lächelnd an, und ihre Lippen warteten hungrig auf den Kuß, zu dem sie ihn einluden.

»Aber weißt du«, fuhr er ruhig fort, »ihm habe ich es nicht gesagt, um nicht undankbar zu erscheinen, aber dir kann ich es ja sagen. Ich küsse keine Frauen mehr, es ist zu gefährlich.«

Nun gut, sie hatte immer noch Brantain und seine Million. Man kann nicht alles auf der Welt haben, und es war ein bißchen unvernünftig von ihr, wenn sie das erwartete.

Ein Paar Seidenstrümpfe

Die kleine Mrs. Sommers fand sich eines Tages unverhofft als Besitzerin von fünfzehn Dollar. Das schien ihr eine sehr große Summe und, wie die Geldscheine ihr angegriffenes Portemonnaie ausstopften und beutelten, gab ihr ein Gefühl von Wichtigkeit, wie sie es seit Jahren nicht mehr gehabt hatte.

Die Frage, wie sie das Geld anlegen könnte, beschäftigte sie sehr. Ein bis zwei Tage lief sie wie im Traum herum, aber in Wirklichkeit war sie in Nachdenken und Rechnungen vertieft. Sie wollte nicht voreilig handeln, nichts tun, was sie hinterher bereuen würde. Doch in den stillen Stunden der Nacht, wenn sie wach lag und Pläne in ihrem Kopf wälzte, schien sie den Weg zu einer angemessenen und gerechten Verwendung des Geldes klar zu sehen.

Ein bis zwei Dollar mehr als sonst sollten für Janies Schuhe ausgegeben werden, was deren Haltbarkeit beträchtlich verbessern würde. Soundso viel Yard Baumwollstoff für neue Hemden für die Buben und Janie und Mag würde sie kaufen. Sie hatte eigentlich die alten durch geschicktes Flicken erhalten wollen. Mag sollte ein neues Kleid haben. Sie hatte einige schöne Schnittmuster in den Schaufenstern gesehen, echte Sonderangebote. Und auch dann wäre noch genug für neue Strümpfe übrig – zwei Paar pro Packung – welche Stopfarbeit würde das für eine Weile ersparen! Sie würde Mützen für die Buben und Matrosenhüte für die Mädchen besorgen. Die Vorstellung von ihrer jungen Brut, die einmal in ihrem Leben frisch und nett aussehen würde, erregte sie und machte sie unruhig und schlaflos vor Erwartung.

Die Nachbarn redeten manchmal von gewissen »besseren Tagen«, die die kleine Mrs. Sommers früher gekannt hatte, bevor sie je daran gedacht hatte, Mrs. Sommers zu werden. Sie selbst beschäftigte sich nie mit solchen unangenehmen Rückblicken. Sie hatte keine Zeit – keine Sekunde Zeit – für die Vergangenheit. Das Jetzt verbrauchte ihre ganze Kraft. Eine dunkle und schauerliche Vision der Zukunft erschreckte sie manchmal, aber zum Glück kommt das Morgen nie.

Mrs. Sommers kannte den Wert von Sonderangeboten; sie konnte stundenlang stehen und sich Stück für Stück an den gewünschten Gegenstand, der unter normalem Preis verkauft wurde, heranarbeiten. Sie konnte, wenn nötig, ihre Ellenbogen gebrauchen; sie hatte es gelernt, eine Ware zu ergreifen, sie zu halten und ausdauernd und entschlossen daran festzuhalten, bis sie bedient wurde, ganz egal wann.

Doch an jenem Tag war sie etwas müde und schwach. Sie hatte einen leichten Lunch gegessen – nein! wenn sie richtig nachdachte, hatte sie vor lauter Füttern der Kinder, Aufräumen und ihrer eigenen Vorbereitung auf den Einkauf tatsächlich vergessen, überhaupt etwas zu essen!

Sie setzte sich auf den Drehstuhl vor einem Ladentisch, der verhältnismäßig verlassen war und versuchte, Kraft und Mut zu sammeln, um sich in eine ungeduldige Menge zu stürzen, die einen Haufen Hemden und bedruckten Batist belagerte. Ein Gefühl der Kraftlosigkeit hatte sie befallen, und sie legte ihre Hand ziellos auf die Theke. Sie trug keine Handschuhe. Allmählich wurde ihr bewußt, daß ihre Hand etwas sehr Beruhigendes, sehr Angenehmes fühlte. Sie sah herab und merkte, daß ihre Hand auf einem Stapel Seidenstrümpfe lag. Ein Plakat daneben zeigte an, daß sie von zwei Dollar fünfzig Cents auf einen Dollar achtundneunzig Cents herabgesetzt waren, und ein junges Mädchen hinter der Theke fragte sie, ob sie ihr Angebot an Strumpfwaren zu sehen wünsche. Sie lächelte, geradeso als ob ihr angeboten worden wäre, eine diamantene Tiara anzusehen, die zu kaufen sie letztendlich vorhätte. Doch fuhr sie fort, die weichen, schimmernden luxuriösen Dinge zu befühlen – jetzt mit beiden Händen, sie hochzuhalten, um sie glänzen zu sehen und sie schlangengleich durch ihre Hände gleiten zu fühlen.

Zwei nervöse Flecken bildeten sich plötzlich auf ihren blassen Wangen. Sie sah das Mädchen an.

»Glauben Sie, es sind achteinhalber dabei?«

Es gab jede Menge achteinhalber. Tatsächlich gab es mehr von dieser als von jeder anderen Größe. Hier war ein hellblaues Paar; dort einige lavendelfarbene, einige ganz schwarze und verschiedene Schattierungen von Braun und Grau. Mrs. Sommers wählte ein Paar schwarze und besah sie sehr lang und genau. Sie gab vor, die Qualität zu prüfen, die ausgezeichnet sei, wie die Verkäuferin ihr versicherte.

»Ein Dollar achtundneunzig Cents«, grübelte sie laut. »Gut, ich nehme dieses Paar.« Sie gab dem Mädchen eine Fünf-Dollar-Note und wartete auf das Wechselgeld und ihr Päckchen. Wie klein das Päckchen war! Es schien sich in den Tiefen ihrer schäbigen alten Einkaufstasche zu verlieren.

Danach ging Mrs. Sommers nicht in Richtung der Sonderangebote. Sie nahm den Aufzug, der sie auf eine höhere Etage zur Damentoilette brachte. Hier, in einer abgelegenen Ecke, wechselte sie ihre Baumwollstrümpfe gegen die neuen seidenen, die sie gerade gekauft hatte. Weder machte sie sich große Gedanken über all das, noch versuchte sie die Motive ihres Handelns zu ihrer Zufriedenheit zu erklären. Sie dachte überhaupt nicht. Für den Augenblick schien sie sich von dieser anstrengenden und ermüdenden Tätigkeit auszuruhen und sich einfach einem Impuls, der ihr Tun leitete und sie von Verantwortung befreite, hingegeben zu haben.

Wie gut die Berührung der Rohseide ihrer Haut tat! Sie

wollte sich in den gepolsterten Sessel zurücklegen und für eine Weile ganz in diesem Luxus schwelgen. Sie tat das eine kurze Zeit. Dann zog sie die Schuhe wieder an, rollte die Baumwollstrümpfe zusammen, warf sie in ihre Tasche und ging geradewegs hinüber zur Schuhabteilung. Dort nahm sie zum Anprobieren Platz.

Sie war sehr wählerisch; der Verkäufer konnte sich nicht klar über sie werden; er konnte ihre Schuhe nicht mit ihren Strümpfen in Einklang bringen, und sie war nicht ganz leicht zufriedenzustellen. Sie hob ihren Rock, drehte ihre Füße in die eine und den Kopf in die andere Richtung, als sie auf die polierten, spitzen Stiefel hinuntersah. Ihr Fuß und Knöchel sahen sehr hübsch aus. Sie konnte nicht glauben, daß sie ihr gehörten und ein Teil ihrer selbst waren. Sie wolle etwas Besonderes und Modernes, sagte sie dem jungen Mann, der sie bediente, und sie mache sich nichts aus einem oder zwei Dollar mehr, solange sie bekäme, was sie wolle.

Es war lange her, daß Mrs. Sommers Handschuhe angepaßt bekommen hatte. Wenn sie, selten genug, ein Paar gekauft hatte, waren es immer »Angebote«, so billig, daß es anmaßend und unsinnig gewesen wäre zu erwarten, sie könnten auch noch passen.

Jetzt stützte sie ihren Ellenbogen auf das Kissen des Handschuhtisches, und ein hübsches, freundliches junges Wesen, zart und mit flinken Händen, zog einen langen Glacéhandschuh über Mrs. Sommers Hand. Sie glättete ihn über dem Gelenk und knöpfte ihn sorgfältig, und beide verloren sich für einige Sekunden in bewundernder Betrachtung der kleinen, gleichmäßig behandschuhten Hände. Doch es gab noch andere Orte, wo man Geld ausgeben konnte.

Bücher und Zeitschriften waren einige Schritte die Straße hinunter im Fenster eines Lädchens aufgestapelt. Mrs. Sommers kaufte zwei teure Zeitschriften, solche, die sie in jenen Tagen zu lesen pflegte, als sie auch andere angenehme Dinge gewohnt war. Sie trug sie ohne Verpackung. So gut sie konnte, hob sie an den Straßenübergängen ihre Röcke. Ihre Strümpfe und Stiefel und gutsitzenden Handschuhe hatten Wunder auf ihre Haltung gewirkt – hatten ihr ein Gefühl der Sicherheit gegeben, das Gefühl, zu den gutgekleideten Leuten zu gehören.

Sie war sehr hungrig. Sonst hätte sie vielleicht ihr Verlangen nach Nahrung unterdrückt, bis sie, zu Hause angekommen, sich eine Tasse Tee gekocht und einen Imbiß von dem, was gerade da war, zubereitet hätte. Doch der Impuls, nach dem sie handelte, ließ sie diesmal nicht auf einen solchen Gedanken kommen.

An der Ecke war ein Restaurant. Sie hatte es niemals zuvor betreten; von draußen hatte sie manchmal einen flüchtigen Blick geworfen auf fleckenlosen Damast, glänzendes Kristall, geräuschlos hin- und hereilende Kellner, die modisch gekleidete Leute bedienten.

Als sie eintrat, rief ihr Erscheinen keine Verwunderung, kein Befremden hervor, wie sie es halb befürchtet hatte. Sie setzte sich allein an einen kleinen Tisch, und ein aufmerksamer Kellner kam sofort, ihre Bestellung entgegenzunehmen. Sie wollte keine große Mahlzeit; sie hatte Lust auf einen feinen, wohlschmeckenden Happen – ein halbes Dutzend Austern, ein einfaches Kotelett mit Kresse, etwas Süßes – eine Crème frappée zum Beispiel, ein Glas Rheinwein und danach eine kleine Tasse schwarzen Kaffee.

Während sie auf das Bestellte wartete, zog sie sehr lässig ihre Handschuhe aus und legte sie neben sich. Dann nahm sie eine der Zeitschriften und blätterte sie durch, dabei schnitt sie die Seiten mit der stumpfen Seite ihres Messers auf. Alles war sehr angenehm. Der Damast war sogar noch weißer, als er ihr durchs Fenster vorgekommen war, und das Kristall funkelte noch stärker. Gesetzte Damen und Herren nahmen ihre Mahlzeiten an Tischen ein, die aussahen wie ihr eigener. Leise angenehme Musik war zu hören, und eine leichte Brise kam durch das Fenster. Sie kostete einen Happen und las ein bißchen, nippte an dem bernsteinfarbenen Wein und spielte mit den Zehen in den Seidenstrümpfen. Der Preis dafür spielte keine Rolle. Sie zählte dem Ober das Geld hin und ließ eine zusätzliche Münze auf dem Tablett, worauf er sich vor ihr wie vor einer blaublütigen Prinzessin verbeugte.

Es war immer noch Geld in ihrem Geldbeutel, und die nächste Versuchung bot sich ihr in Form eines Matinée-Plakats dar.

Etwas später betrat sie das Theater, das Stück hatte gerade angefangen, das Haus schien zum Bersten voll. Doch hier und da gab es freie Plätze, einer davon wurde ihr zugewiesen, inmitten von prächtig gekleideten Damen, die gekommen waren, um sich die Zeit zu vertreiben, Süßigkeiten zu essen und ihren aufwendigen Putz zur Schau zu stellen. Viele andere waren nur wegen des Stückes und der Schauspieler da. Man kann sicher sagen, daß niemand die gleiche Einstellung wie Mrs. Sommers zu ihrer Umgebung hatte. Sie nahm das Ganze – Bühne, Schauspieler und die Menschen – in einem einzigen Eindruck wahr, nahm es in sich auf und freute sich daran. Sie lachte über die Komödie und weinte – sie und die aufgeputzten Damen neben ihr weinten über die Tragödie. Sie redeten zusammen ein bißchen darüber. Und die aufgeputzte Frau wischte sich die Augen, schnüffelte in ein winziges Tüchlein aus zart parfümierter Spitze und reichte Mrs. Sommers ihre Pralinenschachtel.

Das Stück war aus, die Musik hörte auf, die Leute gingen einzeln hinaus. Es war wie ein zu Ende gegangener Traum. Die Menge zerstreute sich in alle Richtungen. Mrs. Sommers ging an die Ecke und wartete auf die Straßenbahn.

Ein Mann mit wachen Augen, der ihr gegenübersaß, schien mit Interesse ihr kleines blasses Gesicht zu studieren. Es machte ihm Kopfzerbrechen, was er da sah. In Wahrheit sah er nichts – es sei denn, er hätte die Zauberkraft gehabt, einen heftigen Wunsch zu entdecken, ein machtvolles Verlangen, daß die Straßenbahn nirgends und niemals anhalten, sondern immer weiter mit ihr fahren sollte, für immer und ewig.

Ti Démon

»So isses nun mal«, sagte Ti Démon zu Aristides Bonneau, »wenn ich mit dir rüber zum Laden von Symond geh', isses halb neun, bis ich raus zu Marianne komm', un' dann isse schon im Bett, un' se weiß nich' mal, warum ich nich' gekomm'n bin.«

Wie viele andere vom Cadian Bayou stellte Ti Démon jeden Samstagnachmittag Hacke und Pflug beiseite, band das Maultier los, und im Sonntagsstaat – *endimanché*, wie sie da unten sagen – ritt er auf seinem zottigen Pony, seinem einzigen Luxus, in die Stadt. Wenn er das Pony dann auf den Platz neben dem Laden von Gamarche gebracht hatte, ging er in der Stadt umher, wo er die notwendigen Besorgungen erledigte, die Auslagen ansah und schließlich ein Band oder eine Tüte Bonbons für seine Marianne kaufte. Um halb sieben ging er dann immer zu Marianne, die mit ihrer Mutter ein wenig außerhalb der Stadt wohnte. Sie war seine Verlobte. Am Ende des Sommers, nach der Ernte, wollten sie heiraten, und auf eine bestimmte nüchterne Art, die die Dinge als gegeben ansah, war er glücklich.

Eigentlich hieß er Plaisance, aber seine Mutter nannte ihn Ti Démon, als er ein Baby war und sie wegen seines Geschreis nachts nicht schlafen konnte, und den Namen wurde er nicht mehr los. Allerdings hatte er seine Bedeutung völlig verloren, da Ti Démons Freundlichkeit sich immer deutlicher ausprägte; und da er in seiner Jugend eine fast phlegmatische Sanftmut an den Tag legte, verschmolz der Name mit seinem Wesen zu einer Einheit und wurde beinahe zu einem Synonym für Gutmütigkeit.

Um halb sieben war er nicht draußen bei Marianne, sondern lungerte im Drug Store herum, da er sich zu einer Verabredung mit Aristides hatte überreden lassen. Er war ein vierschrötiger schwerfälliger Bursche, dessen Haut und Haar von der Sonne gegerbt waren; seine Züge waren nicht übel und seine Augen ausgesprochen gütig, denn in ihnen spiegelte sich eine friedliche Seele. Als er die Vitrine des Drug Store betrachtete, träumte Ti Démon von Reichtum, weniger seinetwegen als um Mariannes willen, denn die vor seinen Augen aufgebauten Dinge waren eindeutig für den weiblichen Geschmack gedacht – Flaschen mit grünen und gelben Parfüms – Handspiegel – Gesichtspuder – feine Seife – gefälliges Briefpapier – hundert prächtige Nichtigkeiten, von denen der Ladenbesitzer kaum hoffen oder erwarten durfte, daß er sie noch vor Weihnachten verkaufen konnte. Während Ti Démon die Auslagen des Drug Store besah, überlegte er sich, daß der Erlös für einen Ballen Baumwolle gerade reichen würde, einen der heftigen Wünsche, die ihn um Mariannes willen überfielen, wirklich und frei und bedenkenlos zu befriedigen.

Bald gesellte Aristides sich zu ihm, und gemeinsam verließen sie den Laden und schlenderten die Hauptstraße des Ortes hinunter, über den Steg, der eine tiefe Schlucht überbrückte, und den Hügel hinunter zu einer buntscheckigen Ansammlung von Baracken – eine davon war Symond's Laden, weniger ein Laden als eine Zuflucht für junge Männer, deren ziellose Neigungen sie manchmal dazu bewogen, ausgelassenere Zerstreuungen zu suchen, als Familie und Gesellschaft ihnen bieten konnten. Vielleicht hätte kein anderer Mann in der Stadt Ti Démon in Versuchung führen und überreden können. Es schmeichelte seiner Eitelkeit, daß man ihn neben Aristides die Straße hinuntergehen sah, dessen feine Manieren außer Frage standen, dessen Anstand und Liebenswürdigkeit ihm den Neid der Männer und die Anbetung der dafür empfänglichen Frauen eintrugen. Im Vergleich zu ihm wurde Ti Démon sich seines eigenen schwerfällig-bäurischen Ganges nur um so deutlicher bewußt, seiner ungeschlachten gebeugten Haltung und seiner breiten, groben Hände, die so aussahen, als ob sie notfalls auch als Schmiedehämmer zu gebrauchen wären.

Die stinkenden Petroleumlampen in Symonds Hinterzimmer brannten bereits, als sie dort eintrafen. Mehrere Männer hatten sich zum Kartenspiel an die rohen Tische gesetzt, deren schmuddelige Platten mit eingetrockneten und frischen Rändern von Schnapsgläsern übersät waren. Aristides und Ti Démon waren dorthin gebummelt, um eine Runde Seven-Up zu spielen und eine vergnügte Stunde in der Gesellschaft von Freunden und Bekannten zu verbringen. Denn der junge Farmer hatte entschieden erklärt, er wolle um acht Uhr das Lokal verlassen und zu Marianne gehen, da er wußte, daß seine Abwesenheit sie wundern und vielleicht auch bekümmern würde. Aber um acht Uhr war Ti Démon erregt wie nie zuvor in seinem Leben. Seine große Faust donnerte auf den Tisch, ohne sich im geringsten um das Schicksal der klirrenden Gläser zu kümmern, und sein lautes wieherndes Lachen, das nach zahlreichen Toddies weicher klang, erdröhnte und rief in der Runde eine angenehm belebte Stimmung hervor. Von Seven-Up war man zu Poker übergegangen. Ti Démon war einer der sieben Männer am Tisch, und obwohl er das Spiel von seltenen Gelegenheiten her kannte, hatte das Hin und Her dabei ihn nie zuvor so mitgerissen. Erst als die Glocke im Laden nebenan mit heiserem Ton zehn Uhr schlug, kam er etwas zur Besinnung und erinnerte sich wieder an seine Absichten, die er so vernachlässigt hatte. »Laßt mich raus, ich muß geh'n«, sagte er und stand auf, wobei er feststellte, daß seine Gelenke ganz steif geworden waren. »Ich gewinn' nich', un' ich verlier' nich' richtig, also isses grad' egal. Wo is' mein Hut – wo is' Mr. Aristides hin?«

»Bist wohl nich' recht gescheit, Ti Démon, Aristides is' schon vor'n paar Stunn' weg – hat dir gesagt, daß er geht, un' du has' überhaupt nich' zugehört. Gib' die Karten noch mal neu aus – du has' Ti Démon 'n Blatt gegeb'n, un' jetzt isses Spiel gestorben. Ich bin froh, daß er weg is' – er macht mehr Radau als der Esel von Symond.«

Ti Démon schaffte es, unter lautem Gepolter seiner derben Schuhe und umfallender Stühle auf die Veranda hinaus zu kommen. Er war ungeschickt und lärmend. Als er schließlich vor der Tür stand, atmete er den frischen Hauch der Frühlingsnacht tief ein. Er blickte über das Tal hinüber, und weit weg, an dem gegenüberliegenden Hang, konnte er in Mariannes Haus ein erleuchtetes Fenster sehen. Unbestimmt fragte er sich, ob sie schon zu Bett gegangen war. Unbestimmt hoffte er, sie möge noch mit ihrer Mutter auf der Veranda sitzen. Die Nacht war so schön, daß man wohl versucht sein konnte, dem Schlaf ein paar Stunden zu stehlen und unter dem Sternhimmel zu verweilen, um diese Wonne zu genießen. Er verließ die Kneipe und machte sich auf den Weg zu Mariannes Häuschen. Er stellte fest, daß sein Gang nicht ganz sicher war. Er wußte, daß er nicht mehr völlig nüchtern war, glaubte aber zuversichtlich, diese Tatsache vor Marianne verbergen zu können, sollte er das Glück haben, daß sie noch nicht schlafen gegangen war. Eine Welle der Zärtlichkeit ergriff ihn wie noch nie in seinem Leben, eine bewußte Sehnsucht nach dem Mädchen, die ihm vielleicht deshalb so klar wurde, weil er einen Moment lang schwach und treulos gewesen war, vielleicht auch wegen der zarten Stimmung der schmeichelnden Nacht, wegen des sanften Schimmers, den der Mond über das Land breitete, wegen des betäubenden Frühlingsduftes. Der gute, vertraute Geruch frisch gepflügter Erde umfing ihn und ließ ihn an sein großes Feld am Bayou denken, an sein Heim und an Marianne, wie sie zur Erntezeit zwischen den hohen Reihen weißer aufbrechender Baumwolle herunterkommen würde, um sein zu werden. Diese Vorstellung leuchtete wie ein helles Bild in ihm auf und durchdrang seinen Geist. Es war ein so betörender Gedanke, daß er ihn nicht mehr von sich ließ, sondern ihn auf seinem Weg mit sich nahm und ihn zärtlich hütete.

Da oben am Hang stand die ärmliche Kate, ein gutes Stück vom Weg zurückgesetzt. Es war ein ansteigender Grasweg mit ein paar kaum sichtbaren Wagenspuren. Eine Reihe Bäume zog sich in unregelmäßigen Abständen am Zaun entlang; im weißen Mondlicht warfen sie tiefe Schatten. Als er den Weg hinaufging, sah Ti Démon, wie zwei Arm in Arm gehende Menschen langsam auf ihn zukamen. Zunächst erkannte er sie nicht, da sie langsam aus dem Schatten heraustraten, um immer wieder in ihm zu verschwinden. Doch als sie im Mondschein anhielten, um weiße Blüten zu pflücken, die über den Zaun hingen, erkannte er sie. Es waren Aristides und Marianne. Der junge Mann befestigte einen weißen Blütenzweig in den schweren schwarzen Flechten des Mädchens. Er schien sich mit dieser angenehmen Aufgabe lange aufzuhalten, dann gingen sie Arm in Arm weiter. Mit dem ersten Blitz der Erkenntnis kam der Wahnsinn. So lebhaft, wie das eindringliche Bild von Liebe und häuslichem Frieden Ti Démons Seele erfüllt hatte, so heftig durchfuhr ihn wie ein blendender Blitz die Überzeugung, betrogen und verraten worden zu sein. Marianne, die der Koketterie nicht abgeneigt war, konnte nichts Schlechtes daran finden, wenn sie in Abwesenheit ihres Verlobten die Artigkeiten von Aristides oder irgendeinem anderen liebenswürdigen Mann in der Stadt annahm. Ohne jedes Schuldgefühl sah sie ihn näher kommen. Im Gegenteil, sie hatte sich bereits einen Vorwurf zurechtgelegt und rief ihm entgegen: »Heut' abend biste aber ganz schön spät dran, muß ich sagen, Ti Démon.« Der jedoch beachtete ihre Worte überhaupt nicht; mit einer furchtbaren Entschlossenheit in seinem neu erwachten Bewußtsein riß er in sprachlosem

Zorn ihren Begleiter von ihrer Seite und fiel mit seinen großen breiten Fäusten, die notfalls auch als Schmiedehämmer zu gebrauchen waren, über ihn her.

»Bistu verrückt! Ti Démon! Hilfe – *au secours – au secours* – bistu verrückt – Ti Démon«, schrie Marianne und klammerte sich entsetzt und verzweifelt an ihn.

In Aristides' ebenmäßigem Körper war kaum noch ein Funken Leben, als Hilfe kam – Neger, die auf Mariannes Schreien hin aus ihren nahe gelegenen Hütten gelaufen kamen. Erst ihre zahlenmäßige Überlegenheit über ihn brachte Ti Démon dazu, von seiner tödlichen Arbeit abzulassen. Er ließ eine am Boden zerstörte und weinende Marianne zurück, einen böse zugerichteten Aristides, der bewußtlos im Mondschein lag, und Neger, die ratlos herumstanden, und er ging hinkend davon, den Abhang hinunter durch das Tal, über den Steg, der den Abgrund überbrückte, und zurück in die Stadt. Er holte sein Pony von dem Platz, wo er es gelassen hatte, stieg auf und ritt in leichtem Galopp nach Hause zum Cadian Bayou zurück.

Natürlich sah Marianne ihn danach nicht mehr an – bei einem so mordlustigen Wahnsinnigen mußte sie ja um ihr Leben fürchten. Auch Aristides heiratete sie nicht, der ihr in Wirklichkeit nie einen Antrag hatte machen wollen. Doch ein Mädchen von so freundlichem Wesen, mit so sanften Augen und so dunkel glänzendem Haar hatte eher die Qual der Wahl zwischen den akadischen jungen Männern am Bayou. Ti Démon hatte in seinem ganzen Leben nur diesen einen Anfall von Raserei, doch er beeindruckte die Gemeinde auf unerklärliche Weise. Jemand sagte, Aristides habe gesagt, er würde Ti Démon erschießen, sobald er ihn zu Gesicht bekäme. Deshalb erhielt Ti Démon die Erlaubnis, eine Pistole zu tragen – eine rostige alte Donnerbüchse, die herumzuschleppen für einen so friedfertigen Mann bitter und lästig war. Was Aristides jedoch auch gesagt haben mochte, er wollte ihm bestimmt keine Unannehmlichkeiten bereiten und zeigte seinen Angreifer nicht an, wie er es leicht hätte tun können, sondern gewöhnte es sich sogar an, einen anderen Weg einzuschlagen, wenn er Ti Démon die Straße entlangkommen sah. »Das is' ein gefährlicher Mann, dieser Akadier«, sagte Aristides, »denkt an meine Worte, der bringt noch einen um, bevor er in die Grube fährt.« Die Neger, die Zeugen des Zweikampfs an dem mondbeschienenen Hang geworden waren, fanden dafür Worte, die Kinder und furchtsame Frauen aufschreien und erzittern ließen und Männer dazu brachten, nach ihren Schußwaffen zu sehen. Marianne ihrerseits bat stets darum, man möge ihr die Beschreibung des schrecklichen Geschehens ersparen. Allmählich glaubten die Leute, er trage seinen Namen zu Recht – »*il est bien nommé Ti Démon, va!*«, sagten die Frauen zueinander.

»Mit Ti Démon ist nicht zu spaßen – er sagt nich' viel, aber wenn er durchdreht, dann sieh dich vor!« Auf irgendeine Weise wurde diese Meinung zum Allgemeingut, und dabei blieb es. Andere Männer prügelten sich und stritten sich und bluteten und schlüpften ohne weiteres wieder in ihre Rolle als gesetzestreue Staatsbürger – bei Ti Démon war das anders. Kleine Kinder krabbelten geschwind ins Haus, wenn sie ihn kommen sahen. Viele Jahre danach, als spätere Generationen von der Natur seiner Verbrechen keine genauen Vorstellungen mehr hatten, wurden Freunde manchmal auf ihn aufmerksam gemacht. »Seh'n Sie mal den alten Knacker da – der is' von der übelsten Sorte – der is' wirklich gefährlich – man nennt ihn Ti Démon.«

Der Sturm

1

Die Blätter waren so still, daß sogar Bibi dachte, es würde gleich regnen. Bobinôt, der es gewohnt war, mit seinem Sohn wie mit seinesgleichen zu sprechen, machte das Kind auf düstere Wolken aufmerksam, die von Westen mit unheilvoller Absicht, begleitet von einem dumpfen Donnergrollen, heranrollten. Sie waren gerade in Friedheimers Laden und beschlossen, dort den Sturm vorbeigehen zu lassen. Sie setzten sich auf zwei leere Kisten in der Tür. Bibi war vier Jahre alt und sah sehr klug aus.

»Mama wird ganz schön Angst haben«, meinte er mit einem Augenzwinkern. »Sie wird das Haus gut verschließen. Vielleicht ist Sylvie heute da, um ihr zu helfen«, erwiderte Bobinôt beruhigend.

»Nein; Sylvie kommt heute nicht. Sylvie hat ihr gestern geholfen«, plapperte Bibi.

Bobinôt stand auf, ging zur Theke und kaufte Calixta eine Dose Krabben, die sie sehr mochte. Dann nahm er wieder seinen Platz auf der Kiste ein und beobachtete mit Gleichmut, die Dose Krabben unerschütterlich in der Hand, wie der Sturm losbrach. Er durchrüttelte das Holzhaus und zog gewaltige Furchen durch das weite Feld. Bibi legte seine kleine Hand auf das Knie seines Vaters und hatte keine Angst.

2

Calixta, zu Hause, sorgte sich nicht um sie. Sie saß am Seitenfenster und nähte wie wild auf ihrer Nähmaschine. Sie war so sehr auf ihre Arbeit konzentriert, daß sie den aufziehenden Sturm nicht bemerkte. Doch wurde ihr sehr warm und sie hielt oft inne, um ihr Gesicht abzuwischen, auf dem sich der Schweiß in Tropfen sammelte. Sie öffnete ihr weißes Kleid am Hals. Der Himmel verdunkelte sich, und als ihr plötzlich die Situation bewußt wurde, stand sie eilig auf und schloß Fenster und Türen.

Auf die kleine Vorderveranda hatte sie Bobinôts Sonntagskleider zum Lüften aufgehängt, und sie hastete hinaus, um sie abzunehmen, bevor der Regen anfing. Als sie hinaustrat, ritt Alcée Laballière durchs Tor. Sie hatte ihn seit ihrer Hochzeit nicht oft gesehen, und niemals allein. Sie stand da mit Bobinôts Jacke in der Hand, und es fing an, in großen Tropfen zu regnen. Alcée lenkte sein Pferd in den Schutz eines Seitendachs, wo sich die Hühner zusammendrängten und Pflüge und eine Egge in der Ecke aufgestapelt lagen.

»Kann ich auf der Veranda warten, bis der Sturm vorbei ist, Calixta?« fragte er.

»Kommen Sie nur rein, M'sieur Alcée.«

Seine und ihre eigene Stimme rüttelten sie auf wie aus einer Betäubung, und sie ergriff Bobinôts Weste. Alcée, jetzt auf der Veranda, nahm die Hosen und schnappte Bibis mit Borten verzierte Jacke, die um ein Haar von einem plötzlichen Windstoß fortgerissen worden wäre. Er deutete an, draußen zu bleiben, aber es wurde bald klar, daß er genausogut ganz im Freien hätte stehen können: Der Regen peitschte in Strömen gegen die Hauswand, er ging hinein und schloß die Tür hinter sich. Es war sogar nötig, etwas unter die Tür zu legen, um das Wasser abzuhalten.

»Ach je! Was für ein Regen! Es sind gute zwei Jahre, seit es so geregnet hat«, rief Calixta, als sie ein Stück Leinwand zusammenrollte und Alcée ihr half, damit die Türritze zu stopfen.

Sie war etwas voller als vor fünf Jahren, doch sie hatte nichts von ihrer Lebhaftigkeit verloren. Ihre blauen Augen hatten immer noch denselben weichen Blick; und ihr gelbbraunes Haar, zerzaust von Wind und Regen, lockte sich hartnäckiger denn je über ihre Ohren und Schläfen.

Der Regen schlug mit einer Kraft und Lautstärke auf das niedrige Schindeldach, daß er eine Bresche zu schlagen drohte, um sie zu überfluten. Sie waren im Eßzimmer – dem Wohnzimmer – dem allgemeinen Aufenthaltsraum. Nebenan lag ihr Schlafzimmer, mit Bibis Couch neben ihrer eigenen. Die Tür stand offen, und der Raum mit seinem weißen, monumentalen Bett, seinen geschlossenen Läden, sah dunkel und geheimnisvoll aus.

Alcée warf sich in einen Schaukelstuhl, und Calixta hob nervös ein Baumwolltuch, das sie genäht hatte, vom Boden auf.

»Wenn das so weitergeht, *Dieu sait,* ob die Dämme das aushalten!« rief sie aus.

»Was gehen dich die Dämme an?«

»Und ob sie mich was angehen! Und Bobinôt ist mit Bibi draußen in diesem Sturm – wenn er nur im Laden geblieben ist!«

»Laß uns hoffen, Calixta, daß Bobinôt genug Verstand hat, sich vor einem Wirbelsturm in Sicherheit zu bringen.«

Sie stellte sich mit einem zutiefst besorgten Gesichtsausdruck ans Fenster. Sie wischte über das Glas, das von Feuchtigkeit beschlagen war. Es war drückend heiß. Alcée stand auf und kam zu ihr ans Fenster, sah ihr über die Schulter. Der strömende Regen verwehrte die Sicht auf entfernter liegende Hütten und hüllte den fernen Wald in einen grauen Nebel. Das Spiel der Blitze war unaufhörlich. Sie erfüllten den ganzen sichtbaren Raum mit einem blendend grellen Licht, und das Krachen schien den Boden, auf dem sie standen, zu durchdringen.

Calixta hielt die Hände vor die Augen und stolperte mit einem Schrei zurück. Alcées Arm umfaßte sie, und für einen Augenblick zog er sie eng und heftig an sich.

»*Bonté!*« rief sie, entwand sich seinem Arm und entfernte sich vom Fenster, »das Haus ist als nächstes dran. Wenn ich nur wüßte, wo Bibi ist!« Sie konnte sich nicht beruhigen, wollte sich nicht setzen. Alcée faßte sie an den Schultern und sah ihr ins Gesicht. Der Kontakt mit ihrem warmen, zitternden Körper, als er sie gedankenlos in seine Arme gezogen hatte, hatte all die alte Verliebtheit und das Verlangen nach ihrem Körper wieder aufleben lassen.

»Calixta«, sagte er, »hab keine Angst. Es kann nichts passieren. Das Haus ist zu niedrig, um getroffen zu werden, und ist von so vielen hohen Bäumen umgeben. Nun, willst du dich nicht beruhigen? Sag, willst du?« Er strich ihr das Haar aus dem warmen, feuchten Gesicht. Ihre Lippen waren so rot und feucht wie Granatäpfelkerne. Ihr weißer Hals und ein flüchtiger Blick auf ihre volle, feste Brust brachten ihn völlig durcheinander. Als sie zu ihm aufsah, war die Angst in ihren feuchten, blauen Augen einem schwachen Glanz gewichen, der unbewußt sinnliches Verlangen verriet. Er sah in ihre Augen und er konnte nichts anderes tun, als ihre Lippen mit einem Kuß zu schließen. Es erinnerte ihn an Assumption.

»Erinnerst du dich – damals in Assumption, Calixta?« fragte er mit leiser, von Leidenschaft gebrochener Stimme. Oh ja, sie erinnerte sich; denn in Assumption hatte er sie geküßt und geküßt; bis ihm fast die Sinne geschwunden waren und er, um sie zu schonen, verzweifelt die Flucht ergriffen hatte. Auch wenn sie in jenen Tagen kein unschuldiges Täubchen war,

war sie doch noch unberührt; ein leidenschaftliches Wesen, dessen Schutzlosigkeit den Schutz ausmachte, gegen den sich durchzusetzen seine Ehre ihm verbot. Jetzt – ja, jetzt – schienen ihre Lippen freigegeben, ebenso wie ihr runder, weißer Hals und ihre noch weißeren Brüste.

Sie beachteten die niederflutenden Ströme nicht mehr, und das Donnern der Elemente ließ sie lachen, als sie in seinen Armen lag. Sie war eine Offenbarung in jener dunklen, geheimnisvollen Kammer; so weiß wie das Bett, auf dem sie lag. Ihr fest-weiches Fleisch, das zum ersten Mal sein angestammtes Recht erfuhr, war wie eine cremefarbene Lilie, die von der Sonne eingeladen war, ihren Atem und ihren Duft dem unsterblichen Leben der Welt zu geben.

Ihre – ohne jede Berechnung – überschäumende Leidenschaft war wie eine weiße Flamme, die in die Tiefen seiner sinnlichen Natur eindrang und Erwiderung fand, in Tiefen, die bis dahin unerreicht waren.

Als er ihre Brüste berührte, gaben sie sich ihm in zitternder Ekstase, luden seine Lippen ein. Ihr Mund war eine Quelle des Glücks. Und als er sie besaß, schienen sie zusammen an der Grenze zum Geheimnis des Lebens fast ohnmächtig zu werden. Er blieb auf ihr liegen, atemlos, betäubt, geschwächt; wie sein Herz auf ihr hämmerte! Mit einer Hand ergriff sie seinen Kopf, berührte leicht mit den Lippen seine Stirn. Die andere Hand streichelte mit ruhigen Bewegungen seine kräftigen Schultern.

Das Donnergrollen wurde schwächer und entfernte sich allmählich. Der leichte Regen schlug verführerisch auf die Dachschindeln, machte sie müde und schläfrig. Doch sie wagten nicht, diesem Impuls nachzugeben.

Der Regen hörte auf, und die Sonne machte die glänzende grüne Welt zu einem Palast aus Edelsteinen. Von der Veranda aus beobachtete Calixta, wie Alcée davonritt. Er wandte sich um und lächelte sie mit leuchtendem Gesicht an; und sie hob ihr hübsches Kinn und lachte laut.

3

Bobinôt und Bibi machten draußen an der Zisterne halt, um sich nach ihrem mühseligen Heimweg frisch zu machen.

»Oh je! Bibi, was wird deine Mama sagen! Du solltest dich schämen. Du hättest nicht die gute Hose anziehen sollen. Sieh dich an! Und der Dreck an deinem Kragen! Wie kommt der Dreck an deinen Kragen, Bibi? So einen Jungen gibt es nicht noch mal!« Bibi gab ein Bild von mitleiderregender Niedergeschlagenheit ab. Bobinôt war die Verkörperung ernster Sorge, als er versuchte, von sich und seinem Sohn die Zeichen ihrer Wanderung über schlammige Straßen und feuchte Felder zu entfernen; mit einem Stock kratzte er den Lehm von Bibis nackten Beinen ab und entfernte gewissenhaft alle Lehmspuren von den eigenen schweren Schuhen. Dann, vorbereitet auf das Schlimmste – das Zusammentreffen mit einer peniblen Hausfrau – betraten sie das Haus durch die Hintertür.

Calixta machte gerade das Abendessen. Sie hatte den Tisch gedeckt und brühte am Herd Kaffee auf. Sie sprang auf, als sie hereinkamen.

»Oh, Bobinôt! Zurück! Ach je! War ich besorgt. Wo wart ihr, als es regnete? Und Bibi? ist er nicht naß? oder verletzt?« Sie hatte Bibi ergriffen und küßte ihn ab. Bobinôts Erklärungen und Entschuldigungen, die er sich während des Weges zurechtgelegt hatte, erstarben auf seinen Lippen, als Calixta ihn betastete, um zu sehen, ob er trocken sei, und nichts außer Zufriedenheit über ihre sichere Heimkehr auszudrücken schien.

»Ich habe dir Krabben mitgebracht, Calixta«, sagte Bobinôt, zog die Dose aus seiner großen Seitentasche und stellte sie auf den Tisch.

»Krabben! Oh, Bobinôt! du bist zu gut!« und sie gab ihm einen lauten, schmatzenden Kuß auf die Wange. »*J'vous répons*, wir werden heute abend feiern! hm!«

Bobinôt und Bibi machten es sich bequem und angenehm, und als die drei sich zu Tisch setzten, lachten sie so viel und so laut, daß jeder sie so weit entfernt wie die Laballières hätte hören können.

4

Alcée Laballière schrieb in jener Nacht seiner Frau Clarisse. Es war ein liebevoller Brief, voll zärtlicher Sorge. Er schrieb, sie solle sich nicht beeilen zurückzukommen, sondern, wenn es ihr und den Kindern in Biloxi gefiele, einen Monat länger bleiben. Er käme gut zurecht; und obwohl er sie alle vermisse, sei er bereit, die Trennung noch etwas länger zu ertragen – aus der Erkenntnis heraus, daß ihre Gesundheit und Erholung das Wichtigste seien.

5

Und Clarisse – sie war entzückt über den Brief ihres Mannes. Ihr und den Kindern ging es gut. Sie hatte angenehme Gesellschaft; viele ihrer alten Freunde und Bekannten waren an der Bucht. Und der erste freie Atemzug seit ihrer Hochzeit schien ihr die angenehme Ungebundenheit ihrer Mädchentage wiederzugeben. Obwohl sie ihrem Manne sehr zugetan war – ihr inniges eheliches Leben war sie doch mehr als willens, für eine Weile aufzugeben.
So ging der Sturm vorbei, und alle waren glücklich.

Anmerkungen

S. 7   *akadisch,* von *Akadier:* Abkömmlinge der Frankokanadier, die *1755* aus Acadia oder Neu-Schottland in Kanada von den Briten vertrieben wurden. Sie besiedelten andere französische Kolonien und behielten in ihren Siedlungen entlang der Küste von Louisiana die französische Sprache bei.

S. 8   »*C'est Espagnol, ça*«: Das ist das Spanische.
»*Bon chien tient de race*«: Der Apfel fällt nicht weit vom Stamm.

S. 8   »*Tiens, cocotte, va!*«: Da nimm, du Kokotte!
»*Espèce de lionèse; prends ça, et ça!*«: Das ist für dich, du Dämchen, und das, und das!

S. 11   »*Ah, Sainte Vierge...*«: Ah, Heilige Jungfrau! Mir reißt der Gedulsfaden! Genug, du Tölpel!

S. 11   *John L. Sulvun:* berühmter Boxer

S. 13   »*Ces maudits gens...*«: *Diese* verdammten Kerle von der »Reelrod« (d. i. engl. *railroad).*
brave homme: tapferer Kerl
panache: glanzvolles Auftreten

S. 14   »*planté là*«: da hingepflanzt

S. 17 »*Ah, c'est vous...*«: Ach, Sie sind's Calixta? Wie geht's, mein Kind?
»*Tcha va b'en...*«: Geht gut, un' Sie, Mam'selle?

S. 18 »*Bonté divine!*«: gütiger Himmel!

S. 19 »*le bal est fini*«: der Ball ist aus.

S. 22 *corbeille:* (hier) die Brautgeschenke

S. 23 *cochon de lait:* Ferkelchen

S. 24 *peignoir:* Morgenrock

S. 25 *Quadroon:* Kind von Weißen und Mulatten

S. 28 *layette:* Babyausstattung

S. 29 *Bayou:* Zuflüsse der großen Flüsse Louisianas, z. B. des Mississippi oder Red River, die einerseits die Sumpfgebiete entwässern, andererseits auch wieder Überschwemmungen an die Sümpfe verteilen.

S. 29 »*Oh, P'tit Maître...*«: Oh, P'tit Maître! P'tit Maître! Kommen Sie schnell! Zu Hilfe, zu Hilfe!

S. 33 »*Bon Dieu...*«: Guter Gott, hab' Erbarmen mit La Folle! Guter Gott, hab' Erbarmen mit mir!

S. 39 *marais:* Sumpfgebiet

S. 45 *Lisett' to kité la plaine...* dt. etwa: Lisette, Du hast die Ebene verlassen,/Ich habe mein Glück verloren;/Meine Augen scheinen wie ein Brunnen,/Seit ich dich nicht mehr sehen kann.

S. 46 *kreolisch,* von *Kreole:* jemand von französischer oder spanischer Abstammung, in Amerika geboren.
patois: Dialekt

S. 49 »*Où li...*«*:* Wo ist mein Kleines?
»*To piti...*«*:* Dein Kleines ist tot.

S. 53 *Chênière Caminada:* eine Insel zwischen Grand Isle und der Küste von Louisiana.

S. 56 *Grand Isle:* eine Insel fünfzig Meilen südlich von New Orleans, zwischen dem Golf von Mexiko und Caminada Bay gelegen. Im frühen 19. Jhd. war sie eine Pirateninsel, gegen Ende des Jahrhunderts ein beliebtes Ferienziel der Kreolen. 1893 wurde sie von einem Wirbelsturm vollkommen verwüstet.

S. 72 »*Night of south wind...*«*:* aus Walt Whitman, ›Gesang von mir selbst‹. In der deutschen Übersetzung von Hans Reisinger, Berlin 1946: »Südwindsnacht – Nacht der wenigen großen Sterne! / Still nickende Nacht«. Dieser Text setzt sich übrigens so fort: »– toll nackte Sommernacht. / Lächle, o wollüstige, kühl überhauchte Erde / Erde der schlummernden, saftfließenden Bäume!«

S. 80 »*Dieu sait*«*:* Gott weiß
»*vivante*«*:* lebend

S. 97 *Ti Démon:* kleiner Teufel

S. 99 *Seven-Up:* Kartenspiel für 2–4 Spieler
Toddy: Palmwein

S. 103 »*Il est bien nommé...*«: Der heißt zu Recht kleiner Teufel.

S. 111 *Biloxi*: ein Ferienort an der Küste von Mississippi

Quellen- und Literaturhinweise

Die Erzählungen dieses Bandes – eine Auswahl aus Kate Chopins weit umfangreicherem Œuvre – sind weitgehend nach ihrer Entstehung bzw. Erstpublikation chronologisch angeordnet. Einige der Übersetzungen sind der Ausgabe von Kate Chopin ›The Awakening‹ (dt. ›Das Erwachen‹, Stroemfeld/Roter Stern, Hg. Miriam Hansen u. a.), die auch schon einzelne Erzählungen enthielt, entnommen (1978). Die weiteren, hier erstmals auf deutsch gedruckten Erzählungen übersetzte Elisabeth Thielicke (E. T.).

›Auf dem Ball‹ (›At the 'Cadian Ball‹), 1892 (E. T.)
›Désirées Baby‹ (›Désirées Baby‹), 1892 (E. T.)
Jenseits des Bayou‹ (›Beyond the Bayou‹), 1891 (E. T.)
›Eine Dame aus Bayou St. John‹ (›A Lady of Bayou St. John‹), 1893 (E. T.)
›La Belle Zoraïde‹ (›La Belle Zoraïde‹), 1893 (1978)
›Auf Chênière Caminada‹ (›At Chênière Caminada‹), 1893 (E. T.)
›Eine ehrbare Frau‹ (›A Respectable Woman‹), 1894 (1978)
›Geschichte einer Stunde‹ (›The Story of an Hour‹), 1894 (1978)
›Bedauern‹ (›Regret‹), 1894 (E. T.)
›Der Kuß‹ (›The Kiss‹), 1894 (E. T.)
›Ein Paar Seidenstrümpfe‹ (›A Pair of Silk Stockings‹), 1896 (1978)

›Ti Démon‹ (›Ti Démon‹), 1899 (E. T.)
›Der Sturm‹ (›The Storm‹), 1898 (1978)
Diese Erzählung, die – als einzige der Erzählungen dieses Bandes – zu Lebzeiten der Autorin unpubliziert blieb, trug im Manuskript den Untertitel ›A Sequel To The 'Cadian Ball‹ und schien deshalb geeignet, unseren Band zu beschließen.

Die meisten der Erzählungen dieses Bandes sind im Entstehungsjahr in Zeitschriften wie ›Vogue‹ oder ›Harper's Magazine‹ publiziert worden, viele waren auch in Kate Chopins Erzählband ›Bayou Folk‹ (Boston 1894, Houghton Mifflin) enthalten.

Nachwort

Kate Chopin ist eine der bedeutendsten amerikanischen Schriftstellerinnen vor dem Ersten Weltkrieg. Als Kate O'Flaherty am 8. Februar 1851 in St. Louis/Missouri geboren, stammte sie mütterlicherseits von französischen Einwanderern ab, die zur französisch-kreolischen Oberschicht gehörten. Der Vater stammte aus Irland, war 1825 nach St. Louis gekommen und als Kaufmann erfolgreich.

In der Familie O'Flaherty wurde Französisch gesprochen – Französisch mit kreolischem Akzent, durchsetzt von dem weichen, melodischen Dialekt der Schwarzen, die als Sklaven bzw. nach der Sklavenbefreiung als Hausangestellte zahlreich im Hause O'Flaherty lebten.

Der Vater, Thomas O'Flaherty, kam 1855 bei einem Zugunglück ums Leben; auch der Bruder starb früh. Kates Entwicklung wurde in der Folge stark von Frauen beeinflußt. Ihre Urgroßmutter, Madame Charleville, die wie die Großmutter ebenfalls im Haushalt der O'Flahertys lebte, erzählte ihr viel aus dem Legenden- und Anekdotenschatz Louisianas. 1860 bis 1868 besuchte Kate die St. Louis Academy of the Sacred Heart, die Mädchen zu christlichen Ehefrauen und Müttern erziehen, ihnen aber auch die Fähigkeit, gebildete Konversation zu führen, vermitteln wollte. Einer der Unterrichtsschwerpunkte war daher neben Hauswirtschaft Literatur. Kate las viel – englische, französische und deutsche Literatur, Klassiker und Neuerscheinungen im Original.

Zwischen 1867 und 1870 schrieb sie schon Gedichte, Aufsätze und kommentierte ihre Lektüre im Tagebuch. Sie unterwarf sich nicht bedingungslos der katholischen Disziplin, weigerte sich sogar, religiöse Bücher zu lesen – mit der Begründung, diese deprimierten sie. Sie las die Werke von Madame de Staël als einer Frau, die sich gegen Konventionen auflehnte und den Konflikt zwischen leidenschaftlicher Natur der Frau und ihren gesellschaftlichen Pflichten thematisiert hatte; später begeisterte sie sich auch für George Sand und nannte ihre Tochter nach der Heldin des gleichnamigen Romans dieser Autorin Lelia.

1869 lernte Kate den fünfundzwanzigjährigen Oscar Chopin kennen, der aus einer begüterten kreolischen Familie stammte. Er hatte, um seinem autoritären Vater, einem berüchtigten Plantagenbesitzer, zu entgehen, seinen Heimatort Natchitoches im Nordwesten Louisianas verlassen und arbeitete in einer Bank in St. Louis. Sie heirateten am 9. Juni 1870, eine dreimonatige Hochzeitsreise führte sie über Philadelphia und New York nach Deutschland, in die Schweiz und nach Frankreich. Zurück in Amerika, zog das Paar nach New Orleans, eine multi-ethnische Stadt, in der die Kreolen eine dominante Rolle innehatten. Hier ließ sich Oscar im Baumwollgeschäft nieder.

Ökonomisch stand Oscar Chopin auf der Seite des »Fortschritts«, des kommerziellen Aufschwungs des Neuen Südens nach dem Bürgerkrieg, er teilte nicht die Vorurteile vieler Kreolen gegen die auch in New Orleans immer einflußreicheren Yankees. Politisch aber kämpfte er während der Rekonstruktionszeit nach dem Bürgerkrieg für die Sache des alten Südens, war sogar Mitglied der White League, einer radikalen bewaffneten Organisation mit rassistischen, restaurativen Zielen. (Auch Kate war während des Bürgerkriegs für die Armee der Südstaaten, in der ihr geliebter Halbbruder kämpfte, eingetreten: Eines Tages verschwand die Fahne, die die siegreichen Truppen der Union auf der Veranda der O'Flahertys gehißt hatten, und die Yankees suchten Übeltäter und Flagge vergeblich.)

Kate Chopins Beziehung zu ihrem Mann wurde von Freunden als offen und freundschaftlich beschrieben. Im Gegensatz zu vielen seiner Zeitgenossen war Oscar Chopin tolerant und hatte Verständnis für das unkonventionelle Verhalten seiner Frau – sie rauchte, kleidete sich leger, machte lange Einkaufsbummel und Spaziergänge ohne Begleitung. Da die Chopins zur Oberschicht gehörten, hatten sie Hausangestellte, Kate blieb viel Zeit für sich. Sie liebte Musik, spielte Klavier, ging ins Theater und in die Oper. Die französische Oper in New Orleans war eines der berühmtesten Opernhäuser der USA und führte damals als erste ›Lohengrin‹ und ›Tannhäuser‹ von Wagner auf, der Kate Chopin zeitlebens beeindruckte. New Orleans wurde von einer regen Presse über die neuesten internationalen Entwicklungen auf dem laufenden gehalten. Der Journalist und Schriftsteller Lafcadio Hearn schrieb in seinen Kolumnen über französische Literatur und brachte Auszüge von Flaubert, Gautier, Maupassant und Baudelaire.

Kate Chopin brachte in den Jahren nach 1871 rasch nacheinander sechs Kinder zur Welt. Wie von einer kreolischen Frau erwartet, war sie nicht nur Hausfrau und Mutter, einer großen Familie, sondern auch kultivierte Gastgeberin, unterhielt ihre Freunde und Gäste gern durch Geschichten, die sie mit viel Mimik zum besten gab. Anderen, formaleren Pflichten folgte sie nicht so gern, z. B. ihrem wöchentlichen Empfangstag. Sie litt zuweilen unter Depressionen, die sie ihrer Umwelt als unzugänglich und rätselhaft erscheinen ließen. Aus Angst vor dem in Louisiana wütenden Gelbfieber zog sie sich im Sommer mit ihren Kindern auf Grand Isle zurück, eine Insel, südlich von New Orleans gelegen, die auch Schauplatz eines Teils ihrer Erzählungen und von »Das Erwachen« ist.

Schlechte Baumwollernten zwangen Oscar Chopin, sein

Geschäft in New Orleans aufzugeben, und 1879 übersiedelte die Familie nach Cloutierville im Bezirk Natchitoches im Nordwesten Louisianas, seiner Heimat, wo er einige kleinere Plantagen und Großhandel betrieb. Als er 1883 plötzlich starb, führte Kate Chopin die Plantagen erfolgreich in eigener Regie weiter. Schließlich gab sie aber dem Drängen der Mutter nach und zog 1884 zurück nach St. Louis. Ein Jahr später starb die Mutter.

Der Hausarzt der Familie, der 1870 nach St. Louis emigrierte Österreicher Dr. Kolbenheyer, ein väterlicher Freund und Ratgeber, beeinflußte Kates Ansichten und Lebensauffassungen in nicht zu unterschätzendem Maße. Er war es auch, der in den Briefen, die sie ihm aus Louisiana geschrieben hatte, ihr literarisches Talent bemerkte und ihr riet, Geschichten zu schreiben – auch aus finanziellen Gründen. Durch Kolbenheyer wurde sie mit der Evolutionstheorie Darwins und der Sozialphilosophie Herbert Spencers bekannt. Sie löste sich zunehmend vom Katholizismus, neigte später allenfalls zu einer pantheistischen Naturverehrung.

Ihre literarische Karriere begann Kate Chopin 1889. Sie schrieb Gedichte und Erzählungen, überwiegend Short Stories, die in lokalen Zeitschriften veröffentlicht wurden, und übersetzte Erzählungen von Maupassant. Ihren eigenen Erzählungen wurde zunächst nur regionale Bedeutung beigemessen; sie wurden der nach dem Bürgerkrieg aufblühenden Literatur des local color (»Lokalkolorit«) zugeordnet. Doch ging es ihr darum, wie ihr französisches Vorbild Flaubert oder auch die zeitgenössische amerikanische Schriftstellerin Sarah Orne Jewett, die sie bewunderte, in ihren Erzählungen einen universalen realistischen Anspruch zur Geltung zu bringen, gerade durch die detaillierte Wiedergabe regionaler und lokaler Besonderheiten.

Ihr erster Roman »At Fault« (1890), der zum ersten Mal in der amerikanischen Literaturgeschichte Ehescheidung nicht moralisch abhandelte, wurde wegen seiner »fehlerhaften

Charaktere« kritisiert, Kate Chopins Stil dagegen hoch gelobt. Ein zweiter Roman wurde von allen Verlagen abgelehnt und von ihr vernichtet. 1894 kam »Bayou Folk«, ihre erste Sammlung von Short Stories heraus, zwei Geschichten erschienen in diesem Jahr in überregionalen Zeitschriften. Damit war sie der von ihr angestrebten nationalen Anerkennung einen Schritt näher gekommen. In den Jahren 1894–1898 veröffentlichte sie zweiundvierzig Stories, der Sammelband »A Night in Acadie« erschien 1897. Ihr Haus wurde zu einem bekannten Treffpunkt für Literaten und Künstler in St. Louis.

Kate Chopin schrieb nicht in einem Studierzimmer, sondern im Wohnzimmer, wo die Kinder um sie herumtobten. Sie schrieb spontan, die meisten Erzählungen entstanden innerhalb weniger Stunden. Es existieren keine Entwürfe oder Vorlagen zu einzelnen Erzählungen, allerdings ist der Einfluß literarischer Quellen, besonders zeitgenössischer französischer Literatur, in vielen ihrer Stories erkennbar. Auch feilte sie ungern an einmal niedergeschriebenen Texten herum, wenn man ihre eigene Aussage beim Wort nimmt: »Ich verlasse mich beim Schreiben ganz und gar auf intuitive Wahl des Ausdrucks. Das ist insofern nur zu wahr, als das, was man den Prozeß des Aufpolierens nennt, sich auf meine Arbeit immer recht verheerend ausgewirkt hat. Ich vermeide es, wo es nur geht, weil ich die Authentizität des rohen Ausdrucks der Künstlichkeit des ausgefeilten vorziehe«.

Vor hundert Jahren, 1899, wurde ihr Roman »The Awakening« veröffentlicht. Der Roman geriet gleich nach Erscheinen ins Kreuzfeuer der Kritik. Kurze Zeit später wurde er sogar aus öffentlichen Bibliotheken in St. Louis verbannt; Kate Chopin selbst wurde die Mitgliedschaft im St. Louis Fine Arts Club verweigert. Die unbefangene Schilderung des Ausbruchs von Edna Pontellier aus Konventionen und einer bedrückenden Ehe, und schließlich das Ende der »Heldin«, die allein ins Meer hinausschwimmt, konnte im Amerika der Jahrhundertwende nur schockieren. Entmutigt durch die

Kritik schrieb Kate Chopin bis 1901 nur noch wenige Kurzgeschichten und vier Geschichten für Kinder. Neuauflagen der bereits erschienenen Sammelbände kamen nicht zustande. Sie wurde allenfalls noch als regionale Schriftstellerin zur Kenntnis genommen und geriet schon zu Lebzeiten in Vergessenheit. Trotz Krankheit und zunehmender Schwäche besuchte sie noch begeistert die Weltausstellung, die 1904 in St. Louis stattfand – im August dieses Jahres starb sie nach einem anstrengenden Tag in der Ausstellung.

Kate Chopins Werk gehörte zu den überraschendsten Entdeckungen einer neuen Literaturkritik in den sechziger Jahren. Heute fehlt es in keinem Literaturverzeichnis der Women's Studies, und keine amerikanische Literaturgeschichte verweigert ihr noch den gebührenden Platz.

Emmy Ball Hennings
...ich bin so vielfach...

»...eine Frau, die sich mit großer Hingabe in alle Abenteuer und Höhen und Tiefen des Lebens wirft, ohne dabei je ihre Eigenständigkeit zu verlieren...« Tagesanzeiger

»Sie war Dienstmädchen, dann Laienschauspielerin und später Prostituierte. Sie verkehrte in Berlins und Münchens Bohème und trat als Zürichs erste Dadaistin auf. Und sie war eine Dichterin, die ihr Leben träumerisch in Literatur verwandelte.« Neue Zürcher Zeitung

Emmy Ball Hennings, **Texte Bilder Dokumente**. Bernhard Echte (Hg.)
Katalog 296 Seiten, 400 Abb. in Duplex, geb., ISBN 3-87877-757-4 DM 68

Klaus Theweleit
Der Pocahontas-Komplex

4 Schrift- und Bilder-Bücher von der Erfindung Amerikas – einem nicht beendeten Prozeß zwischen 1000 vor und 2000 n. Chr; eine Mytho-History, eine Medientheorie des Kolonialismus und des Baus der Geschlechter, Indian-Stories, Wissenswertes zur Geschichte der Geheimdienste, der Seelenkunde und der Intermarriages – zwischen Jason, John Smith und Cortés, Ovid, Shakespeare, Arno Schmidt und Disney, Marlon Brando, Pocahontas and me (Neil Young).

Bd.1 **Pocahontas in Wonderland / Shakespeare on Tour.** ca. 750 Seiten ISBN 3-87877-751-5 und Bd.4 ›**You give me fever**‹. Arno Schmidt. See-**landschaft mit Pocahontas. Die Sexualität schreiben nach WW II.** 328 Seiten ISBN 3-87877-754-X Beide Bände mit vielen Abbildungen.
Fordern Sie unseren Sonderprospekt an!

Stroemfeld Verlag

60322 Frankfurt am Main, Holzhausenstraße 4, Fax 069-95 52 26-24
e-mail info@stroemfeld.de